「これより
女神ステルーラの命により、
魂滅を執行する」

「分かってたけど当たんねー！」
「それはお互い様です」
フェアエレンさんは私に弾かれて当たらない。
私は避けられて当たらない。

夜道を歩いている
黒猫のような
後ろ姿を見かけた。

Free Life Fantasy Online
～人外姫様《イモータルプリンセス》、始めました～ 9

フリーライフファンタジーオンライン

子日あきすず NENOHI AKISUZU
ILLUSTRATION Sherry

登場人物紹介

アナスタシア
主人公。リアルでの名前は月代琴音（つきしろことね）。通称姫様。武器はアサメイと本で、防具は修道服。アサメイによる光剣で、よりSW感が増した。魔法攻撃パリィタンク。

アルフレート
首なし騎士であるデュラハン系統。装備はバスタードソードに大盾、種族由来のフルプレート。PTではメインタンク。首なしの馬もいるので機動力もある。

ほねほね
通称スケさん。スケルトン系の人外プレイヤー。種族はリッチ。装備は長杖。スタッフと言われる長い木製のあれ。PTでは純魔のアタッカー。

アメ
双子の男の子。宝石にある『アメトリン』のアメシストの方。半透明の人型で、髪と目が薄《うっす》らと紫色。一人称が自分の名前の元気系。武器は大鎌の死神系。

トリン
双子の女の子。宝石にある『アメトリン』のシトリンの方。半透明の人型で、髪と目が薄らと黄色。一人称が自分の名前の元気系。武器は棹《さお》で川底を突いて船を進めるあれ。運ぶ系。

アキリーナ
主人公の妹。リアルでの名前は月代秋菜（つきし
お姉ちゃん大好きだが、同じPTかというとそれはそれ。リア友2人とネットの友達でPTを組んでいる。PTポジションは遊撃。

トモ
主人公幼馴染み一号。種族は人間。装備は本と布系。PTリーダーで魔法アタッカー。

スグ
主人公幼馴染み二号。種族はジャイアント。装備は両手鎚と革系。トモPTで脳筋アタッカー。

ラピス
主人公と同じクラスの委員長。ミルクティー色の髪と青色の目で、ウォーハンマー。トモPT。

エリーザ
主人公の幼馴染みの社長令嬢。通称エリー。種族は人間。装備は鞭とドレス。見た目を一言で表すと金髪ドリルの悪役令嬢。つまりナイスバディ。なお性格は至って普通。判断が割とシビア。

レティ
エリーのお世話役。種族は人間。装備は短剣とメイド服。

アビー
妹の幼馴染みの社長令嬢。種族は天使。装備はハリポタ的なワンドと布系。見た目を一言で表すと乙女ゲーの主人公。ただし髪は金髪ドリル。人形が本体のマリオネッター。エリーと4人PT。

ドリー
とメイド服。

セシル
「暁の騎士団」のギルマス。種族は人間。装備は双剣と革系。見た目は乙女ゲー出身のイケメン。

ムササビ
「NINJA」のギルマス。忍者とかではなく、スレイヤーの方。間違いなくゲーム楽しんでるマン。

ルゼバラム
「ケモナー軍団」のギルマス。端的に言って、二足歩行して喋る熊。格闘タイプ。

こたつ
「わんにゃん大帝国」のギルマス。投擲がん上げの猫獣人。武器になりそうなら大体投げる。

ミード
エルフの姉貴。装備は長弓と革系。ザ・エルフ!って見た目の狩人。

フェアエレン
空飛ぶの大好き妖精。複合属性の雷系妖精エクレーシー。

クレメンティア
主人公に並ぶ希少種、植物系プレイヤー。人化ルートで謎生物に乗っている。

キューピッド
ザ・天使。ハートを射抜くキューピッド（物理）。つまり弓。天使への進化条件発見者。

お前ゲーム違くね？状態の世紀末ヒャッハープレイヤー。ロールプレイヤーの鑑。装備は短剣と革系。それと汚物消毒用の火系魔法。投擲用アトラトル。ミードによると、ヒャッハー系良い人。

ヴィンセント
誰だこいつと思ったそこのお前！　駄犬の事だ。ドM系ワンコ。我々の業界ではご褒美です。

調ベスキー
検証班のギルマス。種族はエルフ。スキルの検証は勿論、世界設定など幅広く情報を集めている。

ゆら
二陣の生主。主人公のファン。髪は薄ピンクのショートで右側サイドポニー。体格は小柄で150センチ前半。白とピンクのアイドル衣装。ノースリーブにミニスカ。でも武器は両手斧。

美月
腰辺りからのえっぐいスリット入りチャイナ服を着た、176センチぐらいのナイスバディ細マッチョ。服の色は青で水面をイメージし、黄色で月がある銀のかんざし。武器は棒で棒術を使う。

傭兵ペンギン
デフォルメ系ペンギンの着ぐるみから、やたら良い声が聞こえてくるらしい。両手剣の凄腕。なお、主人公と直接話した事はないが、割と描写されるプレイヤー。実は2巻から出てる。中身は人間なので爆発はできないし、なんたらッス口調でもない。

《鍛冶》スキルの上位層プレイヤー。種族はドワーフ。豪快系ロールプレイヤー。鉱石＝エルツ。

ダンテル
《裁縫》スキルの上位層プレイヤー。種族は人間。SSで値引きしてくれる。レース＝ダンテル。

プリムラ
《木工》スキルの上位層プレイヤー。種族は兎獣人。リアル中学2年生。桜草＝プリムラ。

サルーテ
《調合》スキルの上位層プレイヤー。種族は人間。白衣にメガネでそれっぽい。健康＝サルーテ。

ニラリート
《細工》スキルの上位層プレイヤー。種族はマシンナリー。翡翠＝ニラリート。

マギラス
《料理》スキルの上位層プレイヤー。種族はエルフ。短髪で白混じりの金、深緑の目でコック服。元エリート達行きつけの店の料理長。ゲームをしている理由はリアルの事情なので聞いていない。

シュタイナー
「農民一揆」のギルマス。麦わら帽子にツナギ装備で統一されていて、武器は当然農具。

―住人（冥界）―

宰相
冥府にある常夜の城にいる宰相。不死者達のまとめ役。

通称ラーナ。軍の総隊長。南にあるディナイト帝国の過去の英雄で、主人公の剣の師匠。

エリアノーラ
主人公の離宮で、主人公のお付き。主人公がいない間は色々している筆頭侍女。

リーゼロッテ
主人公が《死霊秘法》で使用している遺体の魂の方。こっちがリーザで肉体がリジィ。妹であるリーナと紛らわしいけど、魂の方はイベントが終わっているので出番はそうない。

ティンダロスの大君主　ミゼーア
通称ワンワン王。可愛く言っているが、全然可愛くはないし、何なら犬ですらない。犬っぽい何か。ティンダロスの猟犬の親玉。

ミ＝ゴ
深淵に隔離されている技術種族。機甲種の生みの親。

―住人（地上）―

メーガン
主人公の錬金の師匠。錬金のコツやレシピとかを教えてくれる。それなりのお年。

ルシアンナ
始まりの町の教会にいる大司教。メーガンと同年代ぐらい。

ソフィー・リリーホワイト・ソルシエール
最年少で不老の魔女《ソルシエール》に到達した天才。

Contents

挿絵:Sherry
デザイン:浜崎正隆（浜デ）

01　遺跡ダンジョン

お、イベントの情報が出ましたね。


『ハロウィンパーティー　～神聖と冒瀆《ぼうとく》の混じり合う夜～』

今年は仲間達と、異界の異国でハロウィンパーティー！

火を掲げて悪意を跳ね除け、収穫のお祝いをしよう！

お祭りで華やかな中、ちらほらと見つかる不審な品々……。


10月の第四回公式イベントはハロウィンパーティーです。

開催日は10月の第三土曜日、13時から始めるので空けておいてください。

第二回と同じくゲーム内加速を行います。今回のイベントはシティイベントとなります。さも当然のように問題が発生しますので、頑張って解決へ導いてください。

同じフィールドを複数用意し人数を振り分けますので、当日ＰＴを組むのを忘れないようにお願い致します。

ハロウィンの起源は悪霊退散と収穫祭ということで、キャンペーンも開催。

期間中、《採取》《採掘》《伐採》《釣り》《農業》などの採取系統スキルの採集数にボーナスが入ります。

沢山収穫しましょう！


タイトルからしてクトゥルフ神話がチラつくのですが、何でしょうね。冒瀆ってワード、他ではあまり使いませんよね？

まあそれはイベント当日を楽しみにするとして、シティイベントですか。町中がメインということですね。求められるのは情報収集能力です。それと問題解決能力。情報を貰《もら》うのは助けるのが一番楽ですよ。

このゲームだと職業……立場によるゴリ押しもできるんでしょうか？　失敗すると権力で殴り倒す嫌な奴になるので、かなり難しいでしょうけど。

「帰っぞー」

学校から帰りまして、少しのんびりしてからログインです。

「問題は？」

「特には。庭師からの連絡で、茶木が安定したとのことです」

安定しましたか。さて、どうしましょうかね？

緑茶や紅茶は茶葉の加工法の違いです。つまり、茶木の品種による相性をガン無視すれば緑茶も紅茶も、更に烏龍茶《ウーロンちゃ》なども作成可能です。

まあ、ここは私の好みで紅茶にする予定ですが……問題は、肝心の加工をどうするか。私の場合《料理人》を有効にしたまま茶葉を採取すると、加工前である生の葉っぱが手に入ります。加工に使用するスキルを所持していると、加工前が採れるのでしょう。《農業》系統も恐らく加工前が採れるはずです。

関連スキルを外すと加工後の茶葉が手に入ります。これはどの茶葉か選択ですね。楽ですが、採集品の品質がCに固定されます。関連スキルが有効だと、生の葉の品質は畑の状態依存です。畑の状態が良くても、関連スキルを外すと加工済みで品質はC。畑の状態が悪ければC未満。

つまり拘《こだわ》る場合、畑の状態を良くして茶葉の品質を上げ、関連スキルを有効にして加工前を入手し、自分で加工する必要があるわけです。

生の葉っぱで採取してもらうか、加工後で採取してもらうか……これが問題です。

どうせ飲むなら美味《おい》しい方が良いですか。手間はかかりますが、がぶ飲みするようなものでもありませんし。

んー……茶葉用のハウジング設備もありますね……作りましょうか。

［家具］　全自動製茶機　レア：Ra　品質：C　価格：100万
様々なお茶を作るのに特化した器材セット。
茶葉を入れ、何を作るか選択しよう。

品質は設置した人物の所持スキルに影響を受ける。

これ設置しましょうか。緑茶や紅茶専用の機械もありますが、多分これが現状の最上位です。専用の方が高品質ができる……とかだと悲しみに包まれますが……掲示板に情報はありませんね。

「加工前の状態で採取してもらってください。後で茶葉にしておきます」

「畏《かしこ》まりました」

ＲＰ的に考えても、品質を上げた方が良いでしょう。問題はフレンドしか客人に来れないことですが……手土産《てみやげ》として持っていくのも良いかもしれませんね。

ＲＰと言えば、宰相のところに行きましょう。

「宰相ー」

「なんですかな？」

「支配者の振る舞いを教えてください」

「ふむ？　サイアーはそのままで構いませんぞ？」

「そうですか？」

「自由に振る舞うことこそが支配者の振る舞いですからなぁ。既に必須ポイントは押さえているので、問題はありますまい」

「そのポイントを詳しく」

「常に堂々と優雅であれ。他者を惹《ひ》き付けるカリスマを持つ者こそが支配者となる。簡単に言えば、他者を気持ちよく動かす能力が上に立つ者に必要ですな」

　支配者、王とは人を扱う者のことを指す。他者に指示を出し、他者をコントロールするリーダー。この人のためなら……と思わせるカリスマこそが最も大事である……と、言われてもピンときませんがね。

「カリスマにおいて必須なのは堂々としていること。誰も自信のない者に付いていきたくはありますまい？　その自信とは言動に最も表れる」

　言動……動作は動作アシストもあるので問題はないでしょう。今更外す気もありません。

「言葉遣いはこのままでも問題はないのですか？」

「問題ありますまい。言葉遣いは重要ではなく、自分の意志を通す力強さこそが重要ですからな。『これをする』という意思を下の者達に与えられれば、口調は些細《ささい》なことですぞ」

「口調より意志ですか」

「難しいことは言っておりませんぞ？　サイアー。何度も言いますが、支配者とは上に立つ者のこと。つまり下に指示を出す時、具体的であれば具体的な程良いのです。曖昧なことを言いまくり振り回してくる上司より、具体的な指示が来る上司の方が良い……なんて、時代で違いはありますまい？」

「ああ、なるほど。具体的なことを言わなかった癖に、違うことをされて怒鳴り散らす奴ですね」

「そうですな。『数少ない指示で主の求めること、もしくはそれ以上を熟《こな》すべきだ』というのは、仕える側の心得ですぞ。支配者側が言い出すとただの無能に成り下がるので、注意するべきですな」

「それで回るなら部下が優秀なのでしょう。お飾りになるわけですか」

「最悪クーデター案件ですな。カリスマ持ちの主がいる組織は本当に強い。サイアーに求めることは多くありませぬ。今まで通り堂々と、それでいて貪欲に力を求めてくだされ」

「力を求めるのは良いことですか」

「勿論《もちろん》です。力なき正義はただの戯言……勝者こそが正義。世とはそういう物。己が持てる全てを用いて、女神の意志を通すのです。そうそう、リーゼロッテの件はお手柄ですな」

宰相に褒められました。

「ああ、ただし。部下に対する接し方と外の者達に対する接し方は違うので気をつけなされ。譲っても良い部分と譲ってはならぬ部分。しかと見極めるよう」

「私ならともかく、女神と外なるもの、それと不死者に対して喧嘩《けんか》を売られたら買うつもりです」

「配下の者達が困ることになりますからな。立場を持つ者の義務と言えるでしょう。しかし、サイアー自身のことでも売られた喧嘩は買っても構いませんぞ？」

「上に立つ者ほど感情は見せないとは思いますが……」

「サイアー、勘違いしてはなりませんぞ？　感情を押し殺す必要はないのです。それなら機甲種や自動人形《オートマタ》で済む話。覚悟が足りんのですよ、覚悟が。己の抱く感情も、相手の抱く感情も、全て正しいのです。否定する必要がどこにあるのですかな」

覚悟……覚悟ですか。確かに凄まじい覚悟でしょうね。その時に抱いた感情は、全て正しい。自分の感情も、相手の感情も全て。感情のある生物として生まれたのだから当然のこと。感情を否定するならロボットで良かろうよって鼻で笑うこの、圧倒的年長者。面構えが違います。

そして滲《にじ》み出る不敬。鼻で笑うな、鼻で。若い姫の悩みを鼻で笑う宰相ってどうですかね。

「サイアーに喧嘩を売るということは、我々不死者達は勿論、ステルーラ様への侮辱にも値するのですぞ？　我らが認め、何より神が認めた。不満があるなら礼拝堂で祈るが良い」

「……示さねばなりませんか」

「さようですな。自分を認めてくれている人達のために……というやつですな」

「覚えておきましょう」

「堂々となされよ、サイアー。頭が否定しては、手足である我らは動けなくなりますぞ」

たまに支配者の心得を聞きに来るとしましょう。RPするなら必須情報です！

旧支配者《グレート・オールド・ワン》である、外なるもの達は参考になりそうですが……ある意味彼らこそが支配者の振る舞いなんでしょうか？　めちゃくちゃ自由ですよね、彼ら。基本的に深淵《しんえん》から出れませんが、絶対ではありませんし。

まあ彼らのことを考えてもSAN値が減りそうなので、宰相のところをお暇《いとま》して少し生産。

離宮の裏にある大鉱脈から掘りほ……いや待て？　採集数の増えるキャンペーンが来るので、今掘るのは勿体《もったい》ないですね。1週間分は溜《た》めておけるので、キャンペーン開始の土曜日までお預けです。

採取回数を保存できない畑から夜光草を採取。大鉱脈と畑の採取は頼んでいません。自分の採取系スキルも上げたいですからね。全部頼んでいるのは蜂と茶木です。

他のプレイヤーも住人を雇えば収穫なども可能です。ただし『雇う』なので、それなりのお金がかかるそうですが。当然住人が持っているスキルでお給料は変動。

お城の彼らは雇用費がかからず、長命種……と言っていいのかはあれですが、存在して長い彼らはスキルも高い。とても良いアドバンテージですね。

蜂蜜というか、グラウィタスハイブも大鉱脈と同じ仕様なんですよね。あっちも一旦採取やめてもらいましょうか。鉱石と蜂蜜は後回し。

冥府素材で蘇生薬《そせいやく》、畑から採った夜光草でMPメガポを生産。それと手持ちの蜂蜜で追憶の蜂蜜酒とレモネードも生産しておきます。蜂蜜酒はレモネードのついでですけどね。

そう言えば、ついに大鉱脈からミスリルが出始めました。今まで出ていた銀が魔銀に変質している感じですね。普通の銀が出なくなりましたが、問題ありません。

魔力適性は魔鉄より高いでしょう。属性金属にするベースをこちらに変えても良いのですが……まずは下僕の装備を一新するべきか。今はハルチウムと3属性武器ですね。

いや、待て？　リジィの埋葬品に回すべきですかね。肉塊は装備できませんし、主力はリジィなので素材回すのはそっちが優先。埋葬品の仕様を確認しますか。

遺体と遺品――リジィの体と斧《おの》――は1個ずつしかないので良いとして……。

埋葬品は……『装備の追加／置き換え』と『素材の強化』ですか。メモしながら色々確認してみましょうかね。

うーん……ダメだこれ。生産職の協力が必要ですね。エルツさんですか。……まだいないので、寝る前に頼みましょうか。

土曜日に纏《まと》めて採掘して、ミスリルも加工してもらいましょう。まだ貴重なので、自分でするのはちょっと勿体ない。錬金は必要素材が多いですからね……。

日課の生産はしましたし、確認はエルツさん待ち。となると……夕食までレベル上げに行きますか。南に行くか、ダンジョンでも行くか。ダンジョンなら北のあそこより、機械系のダンジョンに行きたいですね。遠距離系多い方が楽なので。

掲示板でマシンナリー云々《うんぬん》と盛り上がっていたので、場所の情報も出たはずですが……これか。

帝国の帝都から南東にあり、遺跡っぽい入り口をしている。

敵はかなり索敵が優秀と思われるため、火力が足りないとぞろぞろやってきて詰む。そして敵は射撃系が多いため、囲まれると蜂の巣にされるので、低ＨＰは要注意。敵の一部武装の射程がかなり長いため、近づく前にサヨナラすることも。弱点は打撃に加え雷と氷。次点で火と水。

一部武装って言うと、狩り物で相手した敵の肩の武装ですかね。あれ１００メートル以上射程ありましたし。

せっかくなので、遺跡ダンジョン行ってみましょうか。一番近いポータルは……キャステルガウですね。早速転移。

おぉ……随分立派な。屋敷と言うにはいささかごつい。もはや城ですね。綺羅《きら》びやかではなく、実用性重視の城。砦《とりで》に近い気がしますね。

大通りを北へ向かいつつ、周囲を観察してみましょう。

……北にダンジョンがあるので冒険者が多いのは理解できますが……兵士も多いですかね？　そんな人達相手に逞《たくま》しく商売をする大通りの人達。賑《にぎ》やかですね。気のせいか、マシンナリーの方が多いような？

おや……これまた随分と立派な厚い壁で囲まれていますね。門番の人に聞いてみましょうか。

「ごきげんよう。随分立派な壁ですね？」

「ごきげんよう、お嬢さん。この町は初めてですか？」

「はい、先程。異人です」

「そうでしたか。この町は元々砦だったんですよ」

「では、あのお城は……」

「元砦……ですね。結果的に今のような姿に」

ここから東の森が危険地帯に指定されている森であり、元々はその防衛拠点だった砦があった。その後、北にダンジョンが発見されたため、冒険者がやってきた。元々砦だったので責任者は軍の者だったが、冒険者達へダンジョンまでの拠点として使用することを許可した。予備戦力としても当てにしていたようですね。

更に商人などもやってきて人が集まり、軍人から領主へ昇進。結果的に今のような町まで発展した……と。

「砦の纏め役から領主ですか。大出世と言うべきなのでしょうか」

「当の本人は嫌そうだったみたいですけどね。しかし元はと言えば、自分が冒険者達の滞在を許可したことが原因なので……」

「軍人というのもあって、嫌とは言えませんか。必要な能力も違うでしょうし、さぞ苦労したでしょうね」

「本人が望んでいたかはともかく、結果的にこうなっているのですから、間違いではなかったのでしょう」

「すぐ東に危険地帯があるとは思えない賑わいっぷりですね？」

「戦える者が集まっているので、何だかんだで一番安全なんですよ。この通り壁もしっかりしていますから」

戦闘要員のいない少し離れた場所より、戦闘要員の沢山いる隣ですか。元々防衛拠点だからこそ、下手に離れるよりも安全と。ガッツリ離れるならまた話は変わるのでしょうが、村や町のお引っ越しはそう簡単ではないでしょうからね。

気になったことは知れましたので、ダンジョンへ向かうとしましょう。敵の情報は掲示板にあったので、組合に寄る必要はないでしょう。

やってきたところは遺跡跡地のセーフティーエリアです。何かがあったんだろうな……という感じの入り口ですね。等間隔にある石柱とボロボロの石壁があります。

ダンジョンの入り口には立像が置かれているので分かりやすいですね。

ポータルのないダンジョン直送便として、プレイヤー達にビヤーキーが利用されているようです。……高所恐怖症以外とビヤーキーの見た目が平気な人達に。レベル上げの移動が楽になるわけで、次から私もそうしましょうか。

中へ入ると人工物っぽい感じの通路。北側のダンジョンは普通に洞窟系だったので、雰囲気がだいぶ違いますね。

んー……道幅が結構広いですね。幅が広いからこそ射線が通って蜂の巣にされるわけですか。私としては好都合ですけど。

私が警戒するのは強襲四足型ですね。犬型のロボットで、走ってきて行動制限のためにショットガンを撃ち、噛《か》みついてゼロ距離ショットガンというかなりエグいワンコです。散弾なので反射が辛いというか、12個同時に飛んでくるのでまず無理。

それ以外にも近接武装がいるようなので、その辺りは注意でしょうか。

いっそのことワンコは肉塊に任せるのも良いですが……いや、肉塊は相性が悪いですね。アーマー……よりもスケルトンか。弓と同じなら刺突系なので、その方が相性良さそうです。リアルに考えるとすり抜けダメージ0か、直撃即死の両極端な気がしますが……。ゲームなので気にしたら負け。首切られてもクリティカルなだけで確定死ではありませんからね。……倍率的に基本死にますけど。

一号をスケルトンのタンクカスタムで召喚しましょう。大盾に防御系スキルと、ここはメイスですね。ソロなので、メインタンク2枚にしておきますか。

それと……霊体系2体に《影魔法》も持たせて上空待機。犬が来たらまずバインドから攻撃してタゲを取らせましょう。

後はリジィですね。

しっかり作戦を伝えておきます。タゲ取ったらあまりうろちょろしないように。当たり前ですが、ここでは特に流れ弾が危険です。私も反射メインで行くつもりですからね。リジィには一号の敵を攻撃していってもらいましょう。

安全マージンはこのぐらいですかね……よし、行きましょう。セーフティーエリアから出ます。

……スケルトンだとトラップ踏みますね？　まあ状態異常は効きませんし、大岩ゴロゴロや丸太などの原始的なトラップじゃなければ問題ありませんけど……。

まだプレイヤーが来たばかりなので、浅い部分しか情報がないんですよね。浅い部分も全て分かっているわけではありませんし、何かしら情報が手に入ると良いのですが……。まあ主目的はレベル上げですけど。

索敵能力が高いっぽいとは書いてありましたが……敵来ませんね？　どこかに固まっているんでしょうか。先客に集《たか》っている可能性もなくはないですからね。

ん……？　なんか床に小さい丸い物がありますね。……ビーコンって表示されていますが……ビーコン？　機械系の敵でビーコンとか嫌な予感しかしません。

一号とリジィに警戒するように伝えます。

……来ましたね。犬3体ですか。強襲四足型。見た目は金属の犬ですね。中型犬ぐらいの大きさ。背中にある筒がショットガンなのでしょう。

骨と霊を1ペアとして1体ずつ受け持たせます。後1体は私が受け持ちましょう。リジィは遊撃ですが、基本的にはヘイトアーツのある大盾とセットですね。

真正面からショットガンと殴り合うのは不毛過ぎるので、上に行きますか。距離を取ってしまえば減衰されるはずです。ショットガンは近距離装備と相場が決まっていますからね。

《座標浮遊》で浮かびつつ犬を正面にするので身体は斜めになりますね。それでも地上と変わらない動きが可能な不思議体験。

3人同時にそれぞれの犬にバインドからのピラー。ダメージを与えつつタゲを取り分断。

犬が走ってきて表示される《危険感知》の範囲。直後に甲高い音と共に放たれ、蒸気のような排出音と共に薬莢《やっきょう》が飛び出て地面に落ち、弾けるように消えました。

うへぇ……飛んでくるだろう範囲が表示されてるだけで、どこに飛んでくるかまでは分かりませんか。距離を取って直撃しなければダメージは大したことありません。ペレットの数発なら問題ないですが、狙って反射するのは無理です。直撃コースになる体の正面に、剣を構えておけば勝手に弾かれるでしょう。

この犬……空中にいると遠距離攻撃がショットガンしかないから、連射してきますね⁉　とても面倒！

リジィは良いとしても、タンクの一号がよろしくないですね。魔導銃だけあって魔法判定ですか。物理的な大盾では防御力が……いや。

「一号、【マジックガード】と【リフレクトシールド】で防ぐように」

「カクン」

これで被ダメが減るはずです。

それにしてもこのＡＩ、優秀なようで抜けていますね。今まで魔法の敵は少なかったので気づきませんでした。そろそろオーブを食べさせてＡＩレベルでも上げましょうか。そのうち勝手に敵に合わせて使い出す……といいのですが。

それにしても……シャッガンかなり鬱陶しいですね。多数の小石を握って投げるので、剣で全て弾いてくださいと言っているようなものです。スキルによって投げるモーション中に範囲は表示されますが、実際に小石が飛ぶコースが表示されるのは、投げるために手を広げた辺りからです。難易度が高過ぎるんですよね。

私の場合魔法防御が高いので、距離を取れば致命傷にはなりえませんが……さっさと倒す良い方法ありませんかね。

機甲種なのでＥＰか魔力か分かりませんが、銃口に触手突っ込んだら暴発して一発で武器破壊できませんかね？　……できそうですが、それよりも効率の良い方法がありますね。試してみますか。

銃口からのラインが出た瞬間に、触手を巻きつける。具体的には胴体と銃の先を……です。つまり、犬の首元に銃口が向く。自滅するがいいさ。

おぉ、ガッツリ減りましたね。これは楽で良い。上にいればシャッガンしか攻撃手段がないので、連射します。そのため巻き付けておけば勝手に死にますね。間違いなくＡＩのバグでしょう。

セーフティーはどうなっているんでしょう。楽なので良いんですけど。

バインドで体を止め、触手で銃口を固定し、ピラーで焼く……うん、早いですね。

後は……1体ですか。リジィが向かうので、私は今来た増援を相手しますか。

汎用射撃型ＭＫ．Ⅰと支援射撃型ＭＫ．Ⅰですね。

汎用射撃型ＭＫ．Ⅰはハンドガンタイプの人型。リボルバーを持ってますね。

支援射撃型ＭＫ．Ⅰは……4本腕かつ多脚。腕に1丁ずつの肩に2門の計6門。イベントで会ったＭＫ．Ⅱよりはゴツくないですね。ＭＫ．Ⅰは連射型でしょうか。何はともあれ、ようやく楽しめそうです。1体で6門とは大いに結構。

汎用射撃型は80メートルほどから、支援射撃型は100メートルほどから撃ってきますね。

やっぱり魔導銃は射程が長いですね。ただ曲射ができないので、結果的には弓の方が射程は長いと言えますか。魔力なので弾道落下なく、霧散するでしょうし。

なんというかこの撃たれ具合、音ゲーやってる気分になります。タイミングに合わせてラインに武器を持っていこう！　的な。

あら、死んでしまうとは情けない……。と思ったら追加ですね。もう1回遊べるドン！　……あれ普通に腕が疲れるんですよね。

それはそうと、確かに結構な数の敵が来ますね。《危険感知》や《直感》に加え、《古今無双》を上げるには好都合ですが、支援射撃型が1体いるだけで6体分と考えると相当ですね。連射力的に1発はかなり低めになってるようですが、肝心なのはそこではなく……腕とアサメイが足りなくなることですよ。

腕の動きも多分敏捷《びんしょう》依存ですよね。装備のセット効果で上がっているにしても、足りてないんですよ。視界の仕様上、見えていても間に合わないが発生するので、それをなくせる程度の敏捷は欲しいのですが……アクセを敏捷に回しますか？　一応足に敏捷上昇が付いていますが、基礎ステータスも考えるともう少し振るべきですかね。

フォースを操る彼らは先読みだったはずですが、私のは《危険感知》による直前から直後ですからね。どうしてもある程度のスピードが必要になります。

ラーナが言うには、3次スキルが《未来予知》と《第六感》のようですが、この辺りってPvPには効果なさそうなので、結局敏捷はある程度必要な気がするんですよね。

揃《そろ》えたアクセを考えるとそろそろ変え時ですかね？　今は器用、知力、精神で2個ずつなので……器用を敏捷に回すべきか。それとも知力を敏捷に回すべきか。

現在魔法は《窮極の魔術》により精神がベースになっているようなので、精神を下げることはないでしょう。知力もできれば下げたくはありませんが……器用は反射精度に直結するんですよね。実に悩ましいところです。

とりあえず、ある程度集まってきたら一号やリジィを動かして、数を調整しながら進みましょう。

普通の近接系の敵に興味はないので、そいつらは最初から一号達に任せましょう。


第1層、41〜46レベ。5層までは最小と最大レベル共に1ずつ上昇していく。敵は強襲四足型、汎用白兵型MK.Ⅰ〜MK.Ⅲ、汎用射撃型MK.Ⅰ、支援射撃型MK.Ⅰを確認……と。

そして現在第5層、50〜55レベ。今の私のレベルは43。これ以降は今の状態では無理ですね。既に一号達を待機させる余裕はありません。一応狩れている状態ではあるので、やはり相性が良いのでしょう。《未知なる組織》による状態異常も良い感じに役立ちます。

ふふっ……とても美味しいですね。問題は増援が続けて来て戦闘が途切れないので、成長が適応されないことでしょうか。戦闘終了時ですからね……。

もうすぐ3次スキルに入るでしょうから楽しみですね。夕食まで時間ありますし、もう少し狩っていきましょう。

5層目から汎用射撃型MK.ⅡとⅢ、支援射撃型MK.Ⅱが増えました。どれも武装違いなので、特に問題はありません。強いて言うならポップ数に変化があるんでしょうか。気のせいかもしれませんが、汎用白兵型が減っている感じ。まあ、遠距離から集中砲火した方が効率的ですからね？

基本的には反射しつつ、触手と魔法で攻撃。余裕があるなら《蛇腹剣》もですね。反射だけでは殲滅《せんめつ》速度が足りないので仕方ありません。どの道他のスキルも上げたいので良いでしょう。私的には実に美味しいダンジョンです。


〈種族レベルが上がりました〉

〈《蛇腹剣》がレベル15になりました〉

〈《蛇腹剣》のアーツ【距離拡張】を取得しました〉


【距離拡張】

蛇腹剣や縄、鞭《むち》などの伸びる距離をスキルレベルに応じて延長する。


んーっと？　パッシブアーツのようですね。効果は名前通り。そしてとても重要っぽいですね。射程はある方が良いですからね。

格上だし上がりが良いですね。《高等魔法技能》がもうすぐなので、《超高等魔法技能》にできるまで粘りたいところです。

ん……？　なんですこの、微かに聞こえる高音。聞こえるのは……向こうですか。生憎見えませんが……とても嫌な予感がしますね。

高音が段々はっきりと聞こえてきますね。ということは……来てますね？　この音を出すような機甲種の何かが。まだ5層目の敵を全部見たわけではありませんでしたか。レア敵でもいるんでしょうか。

イベントのパンジャンに付いていたジェットエンジンとは違いますね。キィン……パシュン……キィン……パシュン……と、何の音でしょう？

一号とリジィが戦闘態勢になったということは、遠くに見えているわけですか。音が変わりましたね。まるで……そう、何かが飛んでくるかのような……《危険感知》が動きましたね！

直線だけど範囲が広い。突っ込んでくる？　ラインから逸れるように回避行動を取ります。把握距離外なので速度が分かりませんからね。

お、見えま……格好いいですね!?　完全に戦闘兵器では!?　とてもロマンを感じます！

汎用抹殺型　Lv55
文字通り対象の抹殺を目的として作られた、高火力武装の高機動型。
ハンドガンとグレネード、更に剣を持ち、肩に多弾頭ミサイルを装備している。
属性：―　弱点：打撃　雷　氷　耐性：斬撃
綱：機甲種　目：人型
科：汎用型　属：抹殺型
種：汎用抹殺型

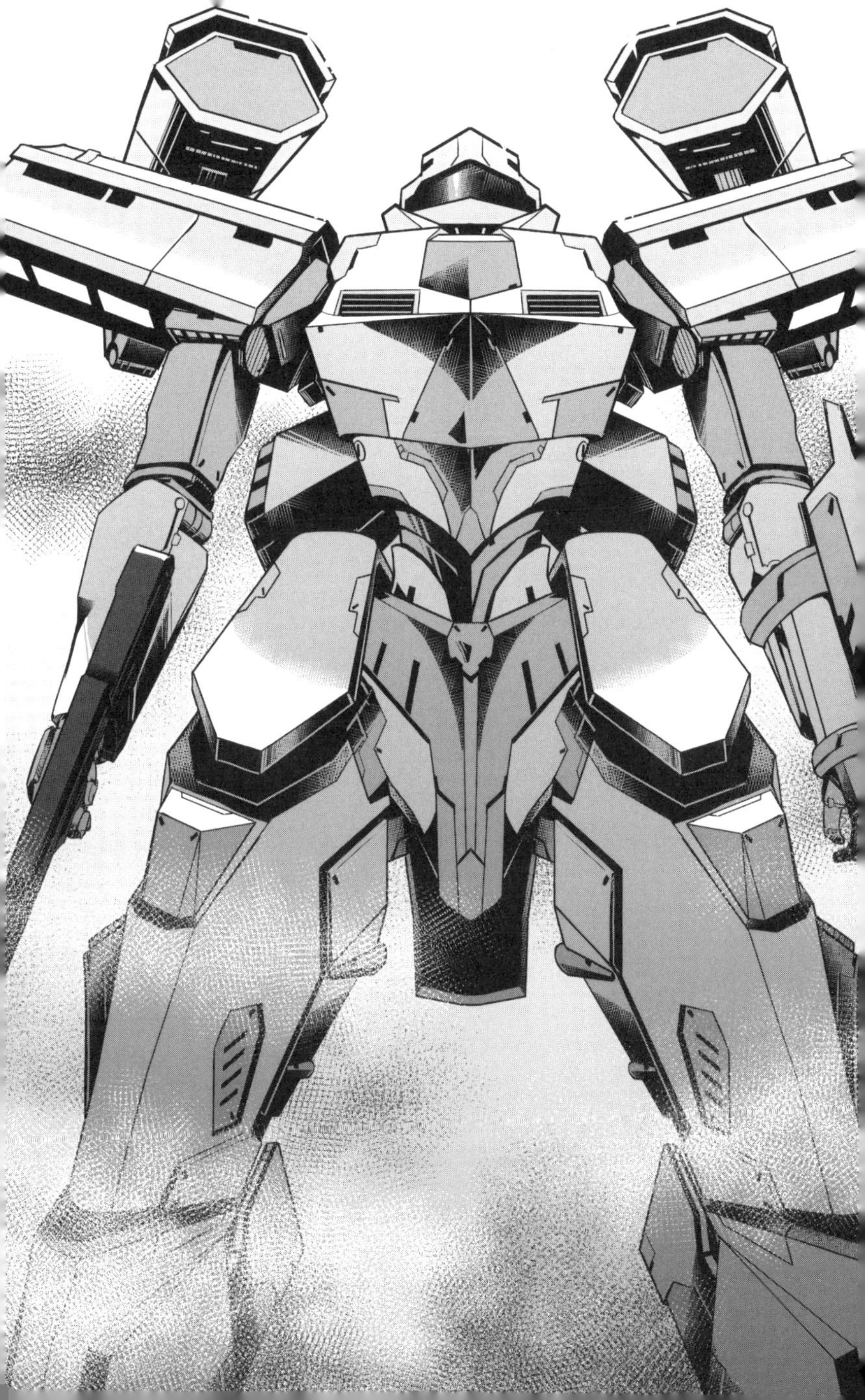

右にハンドガンというか、もはやライフルでは？　それにアンダーマウントでグレポンが付いて、左に剣を持ち、肩にミサイルポッドが見えますね。殺る気満々。

そしてかなり速い！　さっきの変わった音はブースターで飛んでくる音ですかね。想像以上の速度です。回避が間に合わない。【グラウィタスマニューヴァー】を使用して避けます。

リジィも自力で避けれますね。スケルトンの一号が厳しそうですか。

なんとか避けたと思いましたが、パシュンという音とともに空中で振り向き、再び1本の《危険感知》が発動しました。サイドスラスター付きですか。さすが高機動型。空中でサイドを一瞬だけ吹かし、１８０度の高速方向転換とは……ゲーム違うのでは？

《危険感知》のラインは肩から1本。つまり……ミサイル！　1個のミサイルが肩のポッドから放たれ、汎用抹殺型はそのまま離れていきズサーと着地しています。

《識別》に出てた相手の武装は……多弾頭ミサイル。多弾頭⁉　正気ですか？

さも当然のように飛んできたミサイルは空中で分裂。1本だった《危険感知》のラインが、中から大量の小型ミサイルが出てくることで大量のラインに変化。収束するように私に向かって飛んできます。

あっあっあっあーっ！　無理！　多少返したものの6割持ってかれましたよ⁉

これはタンクで【リフレクトシールド】が正解ですかね……。ミサイルは誘導性。つまり魔法のマジックミサイル系統ですね。反射で触れさえすれば、雑に弾いても相手に向かって飛んでいくから楽です。問題は数が多過ぎる。多弾頭ミサイルは当たれば爆発する誘導型ショットガンですよ？

冗談きついですね。

爆発自体はエクスプロージョン系より遥《はる》かに小さいですが、痛いものは痛い。

再び《危険感知》により、山なりの線とドーム状に色づきます。直後、今度はポンッという特徴的な音がしました。グレネードですね。発射時にポンッという特徴的な音がすることからグレポン。距離的にも自分から突っ込み、山なりの段階で相手の近くを狙って弾きます。

パシュンという音とともに後方に下がり、弾いたグレポンを避けられました。

ミサイル数発で目に見えて減っているので、防御力はないのでしょうが……あの機動力ズルいですね。

高機動相手に一番楽なのは……マジミサでしょう。

「【Zex《ぜくす》 Rase《ら・せあ》 Mexa《みぁ》 Persepho《ぺるせふぉ》 Apollo《あぽろ》】」

【臨界制御《オーバースペル》】で威力を上げた6発の【ノクスマジックミサイル】を放ちます。

汎用抹殺型はすぐに動かず、引き付けてからサイドスラスターで移動。すると対象を追うため曲がりますが、直角などには曲がれないため、半数が曲がりきれず壁にぶつかって消滅。

汎用抹殺型は横の移動後、メインスラスターを吹かし前進。つまりこちらに来ますが、その際サイドスラスターを吹かして逆を向き、残ったマジミサを迎撃。再びサイドスラスターを吹かしてこちらを向きます。

うっそでしょう……。何その主人公機ムーブ。

マジミサは誘導性能ある分弾速は遅いですからね……。どの道ブースターも吹かされたら振り切れますか。むぅ……。

突っ込んできた汎用抹殺型はリジィの斧を剣で受け止め、振り切ったリジィに合わせて正面のスラスターを吹かし、後ろに下がりました。

私は《聖魔法》で回復しておきます。とは言え、またミサイル来たら死ぬ気がしますが。やたら賢いＡＩ積んでますね。明らかにこいつだけおかしい。レアモンスターか、もしくは巡回型の中ボス？　フィールドにいるエリートモブ的なポジションですね。ダンジョンなので階層１体。

正直、次からは音が聞こえた瞬間がん逃げする敵ですね。辛過ぎる。

上にいる一号の霊体がバインドとピラーを発動。

しかし、汎用抹殺型はバインドされた瞬間にスラスターとブースターを全開。出力で引き千切り、ピラーから即行で脱出。そのまま突っ込んできたのを慌てて回避。バインドはダメですね。突然飛び出してくるので、危険過ぎます。危うくミンチになるところでした。

ランスはサイドスラスターで余裕で避けられる。つまり有効なのは……ウォールにマインですか。

ライフルとグレポンは反射して、斬りに突っ込んできたところで【ノクスウォール】を正面に出します。

「なんっ……ぶないっ」

まさかのウォール前でスラスター吹かしてジャンプ。空中で向きを変え、天井を蹴って斬りかかってきたのを受け流します。

ウォールの展開が早かったですかね！

霊体一号と協力してマインをばらまいたところで……あ、ミサイルですね。サヨナラ！


〈HPがなくなったため行動不能になりました〉

〈このまま蘇生を待つ／設定した復活地点に戻る〉


ほんと慈悲がないですねあのミサイル。私魔法防御高いはずなんですけど、あの爆発ってもしかして物理属性。

私が殺られたことで、一号やリジィが強制送還。私は爆発で吹っ飛んで壁にぶつかり、端っこで寝ています。

……床うめぇ！


〈《聖魔法》がレベル25になりました〉

〈《聖魔法》の【ソウルシールド】を取得しました〉


《聖魔法》が上がりましたか。《魔法耐性》や《高位魔法無効》も上がってますね。ここは逆に、

物理が上がりづらいですか。

あー……とりあえず、帰りましょう。

私の場合は死体が転移するのではなく、死体はその場で溶けます。視界が本体の方へ飛ぶだけですね。ということで、本体からウニョンとフル武装化身を分離します。そして魔法の確認。


【ソウルシールド】

魂を護る膜を張り、威圧、恐怖、魅了に対する耐性を得る。


状態異常耐性魔法ですか。私には不要ですね。

さて、奴の対処法を考えなければ。あのダンジョンは私にとってとても美味しい。あそこで狩りがしたいので、対策は必須ですね。敵の行動が早くて考える余裕ありませんでしたし。

んー……リジィは魔力による具現化なので、倒されてもキャパシティが減らないので問題はありません。召喚体にしては桁違いにMPを持っていくだけです。倒されてないのでまだ分かりませんが、多分再召喚のクールタイムが入るでしょう。

問題は一号。大盾を1体と霊体ですかね？　ミサイルが来た時だけ【カバームーブ】で私の前に来て、【リフレクトシールド】で反射。その後すぐに離れさせる。霊体の一号は上空からマインをばらまいて行動妨害。

倒すならこれですか？

【カバームーブ】はそこそこクールタイムがありますし、【リフレクトシールド】が結構長いんですよね。クールタイム中に2発飛んできたら死ぬのはとてもよろしくない。

安定させるにはミサイルを撃つ条件が知りたいですね。ミサイルを撃つトリガーが分かれば誘発できるし、リキャスト中は撃たせないことも可能。

正直レベル差も考えると、音が聞こえた瞬間送還してがん逃げ。落ち着いたところで再召喚が安定。ただレベル上げに行っている以上、倒せた方が良いのは確か。

ふぅむ……戦う場合はクールタイム中の保険が欲しいですね。

とりあえず……エルツさんがいるので連絡しておいて、ご飯。

夕食後、寝る前の諸々を済ませてエルツさんのお店へ。

「ごきげんよう」

「おう、来たか。スキルの検証がしたいんだって？」

「棺関係の仕様が気になりまして。装備がないと確認すらできないので」

炉などが置かれている作業部屋へ移りまして、錫《すず》、銅、青銅装備を借ります。

そしていざチェック。

「これ、強化に使用すると取り出せなくなりますね。まあどうせ安いので、丁度良いから強化に使用して良いですか？」

「おう、良いぞ。初期のスキル上げの産物だからな。むしろ買ってくれ」

　リジィが生前から着ていた装備、あれはデフォルトの装備かつアバターでもあるようですね。この見た目が気に入らない場合、アバター機能を無効にして『装備の追加／置き換え』で、新しい装備を入れるとそちらの見た目になる。つまり今は錫一式リジィになる。このデフォルト装備は遺体によって見た目が違う可能性大。システム的に恐らく性能は一緒。

　装備を入れるか素材を用意するかで、埋葬品が強化されるわけですね。

「完成品をそのまま入れるもよし。素材で入れるもよし……か？」

「そうなりますね。ただこれ、強化順を飛ばせませんね。錫から銅の入れ替えは可能ですが、錫から青銅は不可能。弾かれますね」

「生産品による品質の影響は？」

「はて、目に見えた変化は……これかな？　召喚時の消費ＭＰが減少」

「ほう……」

　最初から生産品なのでこれが正解か分かりませんが、恐らくこれでしょう。防御力なども上がってますが、これだけ異色ですし。

　完成品を入れると、素材強化での必要素材数が減る……と。強化に必要な素材数の表示は、最初から全身分の素材を要求しているわけですね。

　装備による補正は……そのまま入れた装備依存。素材で強化した場合、今までと同じにするか、変えることが可能。補正値は恐らく素材依存でしょう。

　銅の生産品を、青銅の素材で強化した場合、銅装備の品質は無効化。『召喚体の消費ＭＰが減少』効果が消えましたね。品質はこれに影響ですか。

品質の高い素材で強化した場合、多少影響はあるが、品質を気にするなら完成品を入れるべきですね。

「埋葬品による上昇ステータスは強化時に弄れるようですね。振り直しも可能なようですが……いや、1回だけか。それ以上は課金しろと。まあ、よくある」

「お決まりと言えばお決まりだな」

「素材変えれば振り直し回数も復活するようなので、温情ですね」

「操作ミス用か？」

「そんな気がしますね。ところで、今鋼はいくら程ですか？」

強化順はティン、カッパー、ブロンズ、アイアン、スチール、コバルトハイスかマギアイアン、ハルチウム、ライチウムですかね。

「ライチウムの上に魔鉄と魔銀の合金で、アイリルがあるぞ。そんで純ミスリルが来るな」

「アイリルインゴットですか」

「魔法があまり得意じゃない奴はアイリルを使うらしい。ミスリルは魔力を流さないと単品じゃ柔っこいらしくてな。かと言って混ぜるのは最低でも魔鉄じゃないと、ミスリルの利点が消える」

「お金はあるので一気に揃えても良いところですが……ステータス補正決めてからですかね」

「その方が良いだろうな」

鋼でも20ぐらいの装備ですから、リジィからするとゴミなんですよね。しかしまだ鋼は売れ時でもあるので、値段はそれなりか。とは言え、飛ばせないので買うしかありませんね。買っておきましょう。明日装備変えながら補正値決めるとしましょうか。

エルツさんから鋼までの素材を購入してお暇します。……必要素材増えたらまた買いに来ることになりますけど、そうなったらそうなったで仕方ありません。

寝ましょうかね。

02　第二土曜日

10月、2回目の土曜日。段々寒くなってきましたね。

朝のあれこれを終わらせ、8時ぐらいにログイン。

さって、今日は……んん～……深淵《しんえん》に行きましょうか。

突撃、隣の技術者！　イスかミ＝ゴ、最初に会った方で良いでしょう。

「お、ミゴさん。機甲種について聞きたいことがあるのですが」

「なんだ？」

「汎用抹殺型の持つ多弾頭ミサイルの良い対処法知りませんか？」

「ああ、あれか。あれ対策知ってる者からすると弱いんだ。複数の弾がほぼ同時というのは利点であり欠点でもあるよな」

ミ＝ゴAさんによると、多弾頭ミサイルの対処法はいくつかあるらしいです。

まず盾にある【リフレクトシールド】による反射。安全に相手に返せるので推奨。

次に簡単なのが、飛んできた時にバースト系を使用して迎撃すること。ギリギリだと爆発に巻き込まれるが、気にするのはそれぐらいで楽に落とせる。多弾頭ミサイルはその性質上、爆発範囲が小さいからとても有効な手段。強いて言うなら爆発による視界制限に注意。

　スピードがあるなら下がりながら撃ち落とす。またはマルチロックのマジックミサイルで迎撃するのもありだが、多弾頭ミサイルは弾速が速いので非推奨。

　可能なら分裂前に遠距離で迎撃、または反射も有効な手段。分裂前に詰めてしまえば分裂後のミサイルにはロックされない。ただし汎用抹殺型は高機動なので、人類には非現実的。やはり非推奨。

　距離があるならウォール系も有効だし、分裂前に投擲《とうてき》で何かをぶつけて迎撃もあり。

「というように、対応手段はかなりある」

「むぅ……なるほど。言われてみれば確かにそうですね」

「知っていればなんてことはないが、初見だと辛いな」

　私の場合、分裂前に撃ち落とすか反射。それができなければ【ダークバースト】で破壊が安定ですかね。

【ラウムエスクード】を張って分裂前に突っ込むのもありですが、その距離なら反射するべきでしょう。

　多弾頭は性質上一つ一つが小さい。よって少ない衝撃で爆発する。威力も控え目で、数と命中精度で補うタイプですね。

　続いて魔導銃に関してと、作成法を聞きました。魔導銃の誕生秘話は教えてもらえましたが、作り方は自分で考えろと一蹴されました。

後で纏《まと》めて掲示板に書いておきましょう。

「ところで、どこで会ったんだ？」

「南の大陸にあるディナイト帝国の遺跡ダンジョンですね」

「ほー、あの辺りに防衛システムの出るダンジョンができてたんだな」

「そう言えば、そもそもダンジョンってどういう原理なんです？」

「ふむ。簡単に言えばクレアール様とステルーラ様の影響によるものだな。まあ我々は技術者だ。学者ではないので、その辺りはシアエガにでも聞くが良い」

「シアエガですか。まだ会ったことありませんね」

「奴は一定の場所にいないからな。だが城2階のバルコニーから呼べば来るぞ」

呼ぶ場所があるんですね。せっかくなので聞いてみましょうか。


ミ＝ゴとは別れまして、古城へ向かいます。……そう言えば私はどうやってミ＝ゴやイスと話して……いや、今更ですか。ワンワン王も喋《しゃべ》るし、ゴーレムだって吠《ほ》えるし？

シアエガ……どんなのでしたか。えーっと……ああ、浮いてる目玉として色んなゲームで見ますね。別ゲーはともかく、このゲームはクトゥルフTRPGが準拠だと思うので……触手に囲まれた緑色の一つ目。知的好奇心が旺盛……ですか。それで学者と。

後は呼んでみれば分かるでしょう。

……来たのは良いですが、もう少し細かく聞くべきでしたね。具体的な呼び方が分かりません。

呪文唱えろとは言ってないので、単純に呼びかけるだけで良いのでしょうか。呼んでダメなら考えましょう。

「シアエガ、聞こえますか？　お聞きしたいことがあります」

……これ、一方通行ですよね？　しかも私は遠くが見えない。つまり合っているのか分かりませんね。飛行速度も分かりませんし、5分ぐらい待ってみますか？

あ、3分ぐらいで来てくれましたね。合ってましたか。

……そうですね、言葉にするとしたら……丸い黒い塊が空に浮いており、近くで見るとそれは長い触手だと分かるでしょう。その塊に切れ目が入り上下に分かれると、緑色の一つ目がしっかりとこちらを見ます。

あからさまに血走ったような狂った目ではなく、とても知性を感じさせる瞳です。

「聞き慣れない声だと思ったら、なるほど。新人のアナスタシアと言ったか」

「はじめまして、シアエガ。ミ＝ゴにダンジョンについて聞いたら紹介されました」

「ほー。ダンジョンの何が知りたいんだ？」

「そもそもダンジョンとは何か、を知りたいですね」

この人……ではありませんが、触手と目しかないのにどうやって喋ってるんでしょうね……。ゲームだから気にする必要もないんですが。

「クレアール様の創造と、ステルーラ様の時空のお力の影響だ。アカシックレコードという言葉は知っているか？」

「確か世界の記憶でしたか」

「そうだ。ダンジョンというのはそのアカシックレコードに繋《つな》がっている」

ステルーラ様のお力にこびり付いていた記憶の断片が、クレアール様の創造のお力を受け、マナというエネルギーが加わり顕現した異界……と、言えるだろう。

そこへ新たに2柱の立像を加えることで安定させ、人類の利用できる正式なダンジョンとして機能する。

「つまり世界に満ちている神々のお力と、マナによる影響だな」

「主神と副神のお力の影響というのは間違いないのですね？」

「意図的か、そうでないかは分からないがな。マナだけでは説明がつかんのだ」

「では、ダンジョン内で出るもの達は？」

「主に過去の記憶から生まれた存在だ。過去の記憶の再生……再現。残念なことに、それ以上ははっきり分かっていない。ダンジョンという異界は常識が通じない」

神々のお力の一片と、マナから生まれただろう異界で、なぜ倒した敵のドロップ品が存在するのか？　過去の記憶の再生や再現だとしても、それは幻に過ぎないはず。しかしドロップ品としてしっかり残る、あの物理的な物質はどこから来たのか。

「クレアール様の創造のお力が影響しているのでは……としか思えないのだが、証明のしようがないのだ」

目と触手だけのはずですが、やたら感情を感じる存在ですね。今まさにヤレヤレ……状態なのが容易に浮かびますが、目を見る限り嬉《うれ》しそうなんですよね。

　完全に学者、研究者の類ですね。

「未来の敵は出ないのですか？」

「なくはない。だが未来を見通すよりも、過去を遡った方が楽だろう。言い換えれば必要なエネルギーが少ない。エネルギーとなるマナが豊富な巨大ダンジョンなら見ることもあるかもしれんな」

「小さいとそこまでの余裕はありませんか」

「恐らくな。だが、正直問題はそこではないのだ」

「そうなんですか？」

「未来の分からぬ我々が、なぜ未来の敵だと分かるのだ？　我々が見つけていないだけでどこかには存在したかもしれん。ドラゴンのような存在もいれば、妖精のような存在もいる。我々ができるのは精々、恐らくそうだろう……という推測までだ。それを記録に残し、いずれ答え合わせが行われるだろう」

　なるほど……仮に未来の敵だった場合、証明ができない。証明ができないものは学者としては不完全であり、仮説でしかない。

　世界の全て、隅々まで探すなど不可能であり現実的ではない。

　そして厄介なことに、この手の者は自分で調べて回るのが好きなのであり、神々に直接聞くという選択肢がそもそもない。

　ステルーラ様もこういった者には絶対に喋らないでしょうし？　……望めば答え合わせぐらいは

してくれるかもしれませんが。

「知りたいことは十分知れましたね。ありがとうございます」

「そうか。では、こちらも情報を貰《もら》おうか。名前と種族、それとそれは化身だな？　化身名と……

本体の姿も知りたいものだ」

「……一応個人情報なので聞きますが、知ってどうするのです？」

「む？　お前がダンジョンについて聞いたのと同じことだ。ただ知的好奇心を満たすのが目的であり、それ以外にはない。勿論《もちろん》誰彼構わず喋ることもない」

「情報貰ってはいさよならもあれですから、まあ良いでしょう」

キャラ名に種族名と化身名、それと職業を伝えてから、銀の鍵を使用して本体の場所へ移動。

「ほう、ほうほう。興味深い。実に興味深い」

私の本体……膨張し続ける肉塊の周りを飛びながらじっくり見ていますね。

「そう言えば、選択は覚えているか？　どの顔を信仰している？」

「えっと……時空、生、死、運命、契約、断罪の順ですね」

「そ、そうか。欲張りな奴だ」

再びぐるぐるしながらブツブツと考えを纏めているところですね。そっとしておきましょう。纏まってから教えてくれた方が混乱しなくて済むので。

しばらくグルグルし続け、更に触手でツンツンしたりして、落ち着いたようです。

「ふむ。どうやら生の力が強いようだな。進化前がゾンビなのも影響がありそうだ。だからこそ増え続ける。逆に言えば、他はまだ開花していないな」

「他を開花させるにはどうしたら？」

「強くなれとしか言えんな。活かそうにも活かす土台ができていないのだろう。聞くが、《時空魔法》は？」

「まだ空間の54です」

「58なのでもうすぐです」

「《未来予知》は？」

「《第六感》は？」

「同上」

「やはり現状では土台がない。死は粘液で多少か。契約と断罪は恐らくこのまま開花しな……いや、違うな。むしろ選んだからこそネメセイア継続か？　ふむ。やはり興味深い。今後が楽しみだ」

「《空間魔法》に《危険感知》と《直感》ですか。もうすぐですし、少し優先して上げましょう」

「そうするが良い。種を持っていても植える場所がないのでは意味がない。さて、戻るぞ」

銀の鍵で古城のあるパブリックエリアへ戻ってきました。

結局、情報的に私が得した感じがしますが……とても満足そうなので、自分から突く必要もないでしょう。

「ではな！　強くなったらまた見せろ」

「ええ、また」

どこかへ飛んでいくのを見送りまして……。

さて、土曜日ですし……集中的に3つのスキル上げに励むべきですかね。やたらこの3つがプッシュされるので、流石に気になります。

おっと、そう言えば《超高等魔法技能》にしてから寝たんでしたね。確認しなければ。

《超高等魔法技能》
【精密魔力操作】
魔法使用時に無駄を減らし、消費MPを減少させるパッシブアーツ。
【認識阻害】
印象が薄くなる。住人の記憶に残りづらく、プレイヤーには薄れて見える。
【光学迷彩】
目に見えなくなる。視覚以外の熱感知やエコーロケーションなどには無意味。
【防汚結界】
汚れが付着しづらくなる。
【消音結界《サイレント》】
聴覚対策。自分が発する音を軽減する。
【消臭結界《デオドラント》】

嗅覚対策。自分が発する臭いを軽減させる。

【耐熱結界】

暑さによる地形ダメージに対する耐性。

【耐寒結界】

寒さによる地形ダメージに対する耐性。

【防風結界】

強風による行動阻害に対する耐性。

【防水結界】

水による行動阻害と濡《ぬ》れに対する耐性。


後は【耐電結界】なんかもありますが、種族的に関係ありませんね。

光と闇の【認識阻害】は既に出ているので、光と闇の複合である【光学迷彩】と、《空間魔法》で解放された【なんたら結界】系を掲示板に出しますか。

そして《超高等魔法技能》の影響はこれだけではありません。私としてはこちらの方が重要です。

《空間魔法》
【ショートジャンプ】

視界内の任意の場所へ転移できる。

短距離転移魔法ですよ！

転移可能範囲を視界内とかなり限定することで、必要魔力とクールタイムを抑え、発動時間を早めたものでしょう。まあ《空間魔法》にしては……という意味ですが。

奇襲向きの魔法ですが、そうポンポン使うと速攻で魔力不足に陥るでしょう。……転移、暗殺、撤退ですかね。暗部で重宝されそうですね。

更に、装備のアサメイと旧き鍵の書が《超高等魔法技能》に適応。

さて、とりあえずお昼までレベル上げに行きましょう。週間クエストの経験値アップ使いましょうか。これでお昼前までに3個ぐらい3次に行けそうです。パッシブ系も2次入るかもしれません。

問題は《空間魔法》のレベル上げですね。【インベントリ拡張】などでじわじわ上がっていますが、狙って上げるには私でもMP消費が激しいんですよね。しかも攻撃系ないし。

一気に消費するタイプだとレモネードも向きませんし、やはりポーションがぶ飲みか。チケット中は頑張りますかね。

狩り場は勿論遺跡ダンジョン。多弾頭ミサイルの対策も分かりましたし、リベンジですよ。

……いあいあしよ。

深淵から帝国に転移して、いあいあします。

空からビヤーキーが……空中ブランコ！　夢がありますね。持ってるのビヤーキーですし、背もたれもありますけど。

「移動か？」

「ここから南東にある遺跡ダンジョンへ頼めますか？」

「良いぞ、座れ。一応言うが、揺らすなよ。落ちても苦情は受け付けんぞ」

まあ、うん。

背もたれも肘置きもある、結構しっかりとした椅子に座りまして、優雅に運ばれるとしましょう。

いざ、空の旅。

完全に気分的な問題ですが、自分で飛ぶのと運ばれるのとでは違いますね。基本的に飛行中は前方に集中する必要がありますが、運ばれる場合は意識を周囲に向けられます。運転手と助手席の違いみたいなものでしょう。運転したことありませんが。

「ああ、お前ならこっちの方が速いな」

ビヤーキーがそう言った瞬間、周囲の景色がなんだか薄くなり、流れている景色が爆速になりました。そしてすぐに到着。

「着いたぞ」

「ありがとうございます。……今のは？」

「ああ、お前はまだできないのか。普段の地上からほんの少しだけ軸をずらした亜空間を移動する。障害物などを無視した高速移動が可能な半面、亜空間を認識できないと行き来は不可だし、亜空間は空気も温度もないから対策しないと普通の生物は死ぬ」

……宇宙用と思っていた黄金の蜂蜜酒は亜空間用？　このゲームで宇宙戦などが考え難い以上、そっちの可能性が高そうですね。

黄金の蜂蜜酒、または【呼吸補助《ブリージング》】や【耐熱魔法】【耐寒魔法】が必要になりそうですね。コストを考えると蜂蜜酒よりも魔法でしょう。

「亜空間に関われる者のことを【亜空間能力者】という。亜空間を行き来可能な者などは『亜空間航行能力持ち』などとも言われるな」

「ティンダロス系統も能力者ですね？」

「そうだ。筆頭だな。では戻る。またな」

「はい。また気が向いた時に呼びます」

「うむ」

飛んでいくビヤーキーを見送り、ダンジョンへ潜ります。

ある程度階層を降りてから経験値チケットを使用して、本格的な狩りを始めましょう。３次スキルだとチケットの効果が悲しみに包まれるらしいので、とりあえず手持ちは使ってしまいましょう。

ふーむ……やっぱり汎用抹殺型はレア敵ですかね。遭遇しない。やられると経験値アップが無駄になるので来ないで良いのですが、リベンジしたい気もする。……まあ、狩りしてれば向こうから来ますかね。

ダンジョン内は《座標浮遊》で、一号が付いてこられる速度で飛んで移動。歩いてると《敏捷《びんしょう》強化》の上がりが微妙なんですよね。走れば良いのですがRP的にあれですし……キャラ的には走るなら飛びますね。ダンジョン内なのでそう見られることもありませんが、可能性はゼロではありません。RPとは一種の縛りプレイである……。

支援Ⅰ型ですか。勿論1人で相手します。Ⅱ型より手数が多いので、スキル上げに丁度良いんですよね。

リジィは埋葬品を弄ったことで、多少強化されましたが……鋼なのでまだまだです。遺体レベルと遺品レベルを上げたいところですが、敵が機甲種なので魔力が増えません。悩ましいところですね。

現状強化にオーブを砕くことになっているんですよ。正直全然使っていないので、良いと言えば良いのですが……。入手数が1日多くて3個から4個なので、貴重なんです。かと言って魔石買って砕くくらいならオーブ砕きますし。

魔法生物という意味では北東の洞窟ダンジョンが良いのですが、あそこソロはちょっと大変なので、行くならアルフさんやスケさんとPT組みたいですね。

ダメージ的には一号とあまり差がないので、召喚者である私に合わせて制限がかかっているのでしょう。一号より身のこなしや反応などが全然良いですし、ＡＩが独立している感じ。骨より身軽。

〈《精神強化》がレベル30になりました。スキルポイントを『2』入手〉
〈《精神強化》が成長上限に到達したので《最大ＭＰ強化》が解放されました〉
〈《舞踏》がレベル60になりました。スキルポイントを『2』入手〉
〈《舞踏》が成長上限に到達したので《絢爛舞踏《けんらんぶとう》》が解放されました〉
〈《空間魔法》がレベル55になりました〉
〈《空間魔法》の【ラウムディストーション】を取得しました〉

《絢爛舞踏》
立てば芍薬《しゃくやく》、座れば牡丹《ぼたん》、歩く姿は百合《ゆり》の花。
いついかなる時も優雅でありたいあなたへ。
体幹、姿勢、足運びなどに補正を加える。

《舞踏》が来ましたか。ＳＰ10払って３次にしましょう。
《最大ＭＰ強化》……最大ＭＰはあるに越したことはないので、取りましょうか。一応私のメイン火力は魔法ですからね。どうしても触手が目立ちますけど。

次の3次は《危険感知》と《直感》が来るはずですね。《精神強化》だけでは特に何もないので、《知力強化》待ちと。


【ラウムディストーション】

空間歪曲《わいきょく》エリアを自分の周囲に生成し、遠距離攻撃を逸らす。


お、これは今まさに使えそうですね。このダンジョンなら【ラウムエスクード】よりこっちの方が良さそうです。


よし、狩り再開。

《空間魔法》を積極的に使っていかないといけないので、【ラウムディストーション】や【グラウイタス】を使用していきます。ないよりマシなので、スキル上げ用ですね。

ちなみに【ラウムディストーション】は効果中、確率で逸らしてくれます。あくまで確率なので、保険としては【ラウムエスクード】でしょうか。ショットガンのような相手だと【ラウムディストーション】ですね。

最大の問題は【水面の型】の判定前に、【ラウムディストーション】の判定が来ることでしょう。逸らすだけなので反射自体は可能ですが、進入角度が変えられるので難易度が上がります。ショットガンは逸らされない直撃コースを反射すれば良くなりますが……まあ、言わずもがな無理です。

「四号、それ貰うので一号の援護に」

今の召喚は骨、骨、霊、霊、リジィ、ワーカーです。フルPTですが、ワーカーは戦闘に参加しません。骨と霊でそれぞれペアにしてリジィはお任せ遊撃です。

使役系は指示を出す限界という最大の問題があります。使役は基本、術者は魔法による後方支援ですが、私はスキル上げのため直接戦闘がしたいのです。後方から指示出しながら補助魔法を使うだけより、自分で戦いながらする方が難しいのは当然のこと。まあつまり、最初からパターンを決めておくことで簡略化。

四号の抱えている敵のタゲを取り反射を開始。空いた四号は一号が抱えてる敵を攻撃しに移動。リジィは二号の抱えてる敵を横からぶん殴っています。ワーカーは当然隅っこで待機。

リジィは斧《おの》がトマホークブーメランになりますが、いっそ投擲武器も買って小さい棺に入れておきましょうかね？　金欠ではありませんし、買っておけば空の敵などに投げまくれます。斧系スキル持ちなので、ナイフよりトマホークやフランキスカですか。今度エルツさんのところへ行ったら物色してみましょう。

「【ショートジャンプ】【タフトクロノ】」

視界内……つまり、私の認識範囲内なら即転移が可能です。敵の背後に転移し、【タフトクロノ】で突き刺した瞬間9回の追撃が入り、倒します。

【ショートジャンプ】の使い勝手は中々良いですね。しかし、MP消費がもう少し減って欲しい。1割は中々……。

〈《筋力強化》がレベル30になりました。スキルポイントを『2』入手〉
〈《筋力強化》が成長上限に到達しました〉
〈《知力強化》がレベル30になりました。スキルポイントを『2』入手〉
〈《知力強化》が成長上限に到達しました〉
〈特定の条件を満たしたため、《霊魂強化》が解放されました〉
〈《危険感知》がレベル60になりました。スキルポイントを『2』入手〉
〈《危険感知》が成長上限に到達したので《未来予知》が解放されました〉
〈《直感》がレベル60になりました。スキルポイントを『2』入手〉
〈《直感》が成長上限に到達したので《第六感》が解放されました〉
〈特定の条件を満たしたため、《天眼》が解放されました〉
〈特定の条件を満たしたため、《天啓》が解放されました〉

お、来ましたか。なになにー？

《未来予知》と《第六感》がそれぞれの3次スキル。
《天眼》が《未来予知》と《第六感》の統合スキル。
《天啓》が……レアスキルだこれ。故に条件不明。

勿論取るのは《天啓》です。条件不明ですが、名前からしてもう、ステルーラ様関係でしょう。

《天眼》は《未来予知》と《第六感》以外に条件があり、肉眼以外にも複数手段を持つ、または肉眼より優れたものを持つこと……と書かれていますね。つまり目、以外の視点を持つこと？ 後者の『肉眼より優れた』は分かりやすいですが、前者の条件がいまいちピンときませんね。私がクリアしたのは後者でしょうし。

《空間認識能力拡張》を公開するつもりはないので、《天眼》の条件は出しますが、それ以外は内緒ですね。

『天啓』……天の啓示。天の導き。神の教え。つまり神託。解放条件は恐らく《天眼》＋神子《みこ》。つまり祝福称号持ちですよね。まあ、これも内緒で良いでしょう。皆は私が持ってるのは《天眼》だと思うはずです。

条件に《天眼》が入るのは、神子だけで解放されるならとっくにされているはずだから。システムログも《天眼》の後だからですね。

ただこの《天啓》……ステルーラ様の神子限定、それか選択の時空または運命、もしくは両方か。

派生元が《未来予知》と《第六感》ですからね。時空と運命を司る神が無関係とは考え難い。効果的にも……ですね。

そして《筋力強化》と《知力強化》がカンスト。《精神強化》がカンストしていたので《知力強化》と《精神強化》が統合され、《霊魂強化》が解放ですね。こちらは２次なのでＳＰ６で取得。

ショットガンが発射前から飛んでくる場所が分かりますね……。そして【ラウムディストーション】で逸らされるのも分かる……が、ダメ！
これではせっかくのスキル効果を活かしきれません。現状ではどうにもならないので、《聖魔法》上げになるということにしておきましょう。

〈《蛇腹剣》がレベル20になりました。スキルポイントを『1』入手〉
〈《蛇腹剣》のアーツ【ソニックラッシュ】を取得しました〉
〈《体力強化》がレベル30になりました。スキルポイントを『2』入手〉
〈《体力強化》が成長上限に到達したので《最大HP強化》が解放されました〉
〈特定の条件を満たしたため、《身体強化》が解放されました〉
〈《器用強化》がレベル30になりました。スキルポイントを『2』入手〉
〈《器用強化》が成長上限に到達しました〉
〈《聖魔法》がレベル30になりました。スキルポイントを『2』入手〉
〈《聖魔法》の【プロテクション】を取得しました〉

【ソニックラッシュ】
即座に対象に衝突し、刺突ダメージとノックバックを与える。
【プロテクション】

効果中、被物理ダメージを軽減する。


どんどん来ますね。

魔法お馴染《なじ》み【プロテクション】は、とりあえず使っていきましょう。

SP6で《身体強化》と《最大HP強化》を取りますよ。覚えたアーツは……敵に試せば良いか。

……【ソニックラッシュ】、使い勝手がとても良いですね。発動が早いアーツはとても良いですよ。微妙に残った敵の始末に重宝しそうです。

それにしても、やっぱり最後のパッシブは《敏捷強化》でしたか。こればっかりは仕方ありませんね。

このダンジョン、ドロップも使えるのでとても美味《おい》しい。

［素材］　機甲種の残骸（魔鉄）　レア：Ra　品質：C＋
元機甲種だった物。今は無残な形である。
マギアイアンが抽出可能。

基本的にこれが出るんですよね。敵倒すだけで鉱石掘ってるようなものなので、悪くありません。

まあ、リジィで使う分を残しておくぐらいですかね。それ以外は使わないのでエルッさん行き。

む、この音は……来ましたね。ワーカーを【クイックチェンジ】で大盾装備に変更しておきます。

しばらくすると汎用抹殺型がやってきました。さあ、死合《しあい》と参りましょう。2人目の私は予習もバッチリです！

「一号、奴がミサイルを撃ったら分かっていますね？」

「カクン」

「リジィは投擲で」

敵の突進を避け、射撃を反射。リジィは投擲をしつつ、突進時に合わせて斧を振るいます。

そして、ミサイルを撃ったら一号が【カバームーブ】で前に来て、【カバーリング】と【リフレクトシールド】で反射。その後一号は再び離れます。

おー……多少迎撃されますが、減りますね。多弾頭を3回反射するだけで倒せそうな減り具合です。討伐を高速化するなら、いかにミサイルを撃たせるかになりそうですね。グレポン反射したところで当たりませんし……。

「む、一号」

再び撃ってきたミサイルを、今度は二号が前に来て反射。爆風に巻き込まれ、壁にぶつかり動かなくなりました。

対策知っていると確かに楽ですね。指示を出す時に一号や二号と呼びますが、中身は同じクラウド形式です。一号の個体がクールタイム中なら、やり取りせずに二号が動くので、間違いなく利点でしょう。個体が重要ではない場合、呼び方を分ける必要もありません。


〈《敏捷強化》がレベル30になりました。スキルポイントを『2』入手〉

〈《敏捷強化》が成長上限に到達しました〉

〈特定の条件を満たしたため、《肢体強化》が解放されました〉


これで……6個のパッシブ系が2次に統合されましたか。

お昼までは怪しいですが、上げたいのは《空間魔法》です。しかしこれより先に《服装》が3次行きそうですか。

ま、どんどん狩りましょう。これなら下の階行っても良いかもしれませんね……。

おっと、予備として呼んだ大盾装備を送還しておきます。


〈《服装》がレベル60になりました。スキルポイントを『2』入手〉

〈《服装》が成長上限に到達したので《服装具》が解放されました〉

〈特定の条件を満たしたため、《準礼装》が解放されました〉

《準礼装》

他《防具》系統と重複可能。

現在の職業に見合った種類の装備をすることで、装備箇所に応じて補正が入る。

なるほど？　とりあえず《服装具》をSP10で取りまして、《準礼装》も取りましょうか。効果ちゃんと出るようですから。

解放条件は《防具》系の3次スキル＋職業だそうです。冒険者だけで取れるかは分かりませんが……いや、掲示板によると取れるようですね。

簡単に言えばその職業の制服を着れば良い。が、冒険者の制服＝戦闘服なので、条件はかなりガバガバである……と。

私の場合も今の装備で良いでしょうし、取って損はないでしょう。SP6で取ります。

〈『恩寵《おんちょう》シリーズ』が持ち主に適応しました〉

んー……ああ、《服装具》に適応ですか。《準礼装》の表記がありませんね……。掲示板を見る限り、効果は出ているようなので大丈夫でしょう。

6層、7層と降りましたが敵は変わらず。最低レベルと最大レベルが1ずつ上がりましたね。

もうすぐ上がりそうですが、お昼は確実に過ぎますね。んー……。

フレンド……リーナ……リーナ……っと。

『はいはーい？』

「お姉ちゃんお昼遅らせるから、カップラーメンでも食べといて」

『おっけー』

これでよし……と。

幸い今日お母さんはいないので、お昼が多少遅れることに問題はありませんからね。

《《空間魔法》がレベル60になりました。スキルポイントを『2』入手》
《《空間魔法》の【効率化】【亜空間認識能力】を取得しました》
《《空間魔法》が成長上限に到達したので《時空魔法》が解放されました》
《特定の条件を満たしたため、スキルが変更されました。変更《空間認識能力拡張》》
《『銀の鍵』が持ち主に適応しました》

ん、見え方が変わった。

《空間認識能力拡張》が変更された影響ですかね。それとも【亜空間認識能力】のせいか、もしくは両方。

とりあえず確認ですね。


【効率化】

空間系魔法の消費MPを軽減させる。

【亜空間認識能力】

亜空間の認識が可能になる。


【効率化】はまあ、パッシブアーツなので言うことありません。

問題は【亜空間認識能力】ですよ。ビヤーキーの言ってた亜空間とやらが見えるようになりました。銀の鍵も『亜空間能力強化：極大』が増えていますね。

SPは……種族扱いで6。《時空魔法》取りましょう。おや、《空間認識能力拡張》が《亜空間認識能力拡張》に変わってますね。まあ、とりあえず取得で。


〈特定の条件を満たしたため、スキルが変更されました。変更《亜空間認識能力拡張》〉

〈『銀の鍵』が持ち主に適応しました〉


……情報が多いですね。

もう先にお昼食べてからゆっくり確認しましょうか。

「【リターン】」

■公式掲示板1

【今日もせっせと】総合生産雑談スレ　110【物作り】

1. 名無しの職人
ここは総合生産雑談スレです。
生産関係の雑談はこちら。
各生産スキル個別板もあるのでそちらもチェック。
前スレ：http://＊＊＊＊＊＊＊＊＊＊＊
鍛冶：http://＊＊＊＊＊＊＊＊＊＊＊
木工：http://＊＊＊＊＊＊＊＊＊＊＊
裁縫：http://＊＊＊＊＊＊＊＊＊＊＊
...etc.
>>940　次スレよろしく！

417. 名無しの職人

うーむ……ギミックできないなぁ。

418. 名無しの職人
できないよなー。なにか足りないんだろうが……。

419. 名無しの職人
魔導銃も作れんな。そもそも作り方が分からん。

420. 名無しの職人
スキルが足りないのか、設備が足りないのか、アイテムが足りないのか。

421. 名無しの職人
設計図とかあるんじゃないかねぇ……？

422. 名無しの職人
蛇腹剣も作れん。そもそも機構が分からん。

423. 名無しの職人
確実にスキルか設計図やらが足りてないんだろうな。

424. 名無しの職人
アプローチを変えるか？　そもそも姫様のあれは魔法関連だよな？

425. 名無しの職人
アサメイ。魔法触媒だって言ってたな。

426. 名無しの職人

杖《つえ》で鞭《むち》みたいに魔力伸ばせないんかね？

427. 名無しの職人

できそうな気はするけど……ってところだな。

428. 名無しの職人

一応伸ばせはするらしいが、実用性はないようだな。

429. 名無しの職人

やっぱ何かしら必要か……。

430. アナスタシア

こんにちは。作り方ではありませんが、魔導銃について少し聞いてきました。調べスキーさんに直接言っても良いのですが、折角なのでこちらで。

431. 名無しの職人

お、なんだ？

432. 名無しの職人

調べスキーてっと、Ｗｉｋｉに書くようなことか。

433. アナスタシア

>>430　魔導銃とは。
イスやミ＝ゴといった技術種族が、魔法に不自由な防衛システムのために開発した遠距離武器。

余裕がある時にエネルギーをカートリッジにする事で、戦闘時に使用する事ができる。

ハンマーでカートリッジを叩《たた》く事で、爆発的に活性化させ前方へ飛ばす。

カートリッジは魔力の具現化である。使用されて排出されたカートリッジは既に霧散し始めており、地面に当たると弾けて消える。

開発後問題が発覚。それはカートリッジ完全依存だと、敵によっては威力不足に陥る事。更に防衛システムが弾切れで行動不能は困る。

そのためエネルギーをそのまま銃弾に使用できるようにし、使用者本体の威力増強としてカートリッジの魔力を使用する方向へ改良された。

当時の防衛システム……今で言う機甲種の持っている銃は、エネルギーを銃弾にし、カートリッジも上乗せして撃つことが可能。

434. 名無しの職人
へー……作れる気がしねぇわ。

435. 名無しの職人
これ現状不可能じゃな？

436. 名無しの職人
魔力を込めたカートリッジを使用して一時的な強化に……りりか……。

437. 名無しの職人
>>436　それ以上いけない！

438. 名無しの職人

古代ベル……。

439. 名無しの職人

>>438　思ったけどやめるんだ！

440. 名無しの職人

あのシステム、確かに良いよな。

441. 名無しの職人

でもあれ、確か使い手が未熟だとただの自爆システムじゃなかったっけ。

442. 名無しの職人

まあ、一時的に扱う魔力が増幅するからな。制御できないとドカンでしょ。

443. アナスタシア

このゲームだと暴発するかは分かりません。奴らは職人です。製法は教えてくれませんでした。

444. 名無しの職人

魔導銃の説明からして作るのはまだ無理そうだからなぁ……。

445. 名無しの職人

ところで、魔力の具現化ってなんぞ？

446. 名無しの職人

そりゃおめぇ、魔力を具現化するんだよ。

447. 名無しの職人

おう、辞書みたいな返しやめーや。
448. 名無しの職人
辞書みたいな返しで笑っちまったわ。
449. 名無しの職人
たまにクソみたいな説明あるよな。
450. 名無しの職人
分かるわ。
451. アナスタシア
《死霊秘法》にある【泡沫《ほうまつ》の人形】ですが、遺体を召喚するのが『具現化召喚』と書いてありますよ。つまり魔力で物質として再現する技術かと思われます。
452. 名無しの職人
ほう！　てっと割と高等技術なんだろうな。
453. 名無しの職人
カートリッジに詰め込むというか、カートリッジ自体がエネルギーの塊なのか。

魔力をカートリッジ状に固めてハンマーで叩くことで追加エネルギーにする。魔力だから使用後の残りは霧散するわけか。
454. アナスタシア
そういう事でしょうね。

455. 調べスキー
纏《まと》めておくから！
456. 名無しの職人
ほんまか変態。
457. 調べスキー
ほんまや変態。
458. 名無しの職人
せやかて変態。
459. 名無しの職人
変態しかいねぇ。
それはそうと、魔力系になるなら《魔法技能》か《錬金》系統が怪しいか？
460. 名無しの職人
そうだなぁ……割とあるとすれば……魔導錬成とか？
461. 名無しの職人
《鍛冶》と《錬金》で派生したりしてな。
462. 名無しの職人
ありえないとも言い切れないんだよなぁ……。
463. 名無しの職人

《超高等魔法技能》も必要だったりしてな。
464. 名無しの職人
　魔力操作の大本だろうからな。
465. 名無しの職人
　スプリングやら使ってガチモンの可変機構作ったらどうなるんじゃろな？
466. 名無しの職人
　知らんのか？　でかくなる。
467. 名無しの職人
　魔物ぶん殴る以上、小さくすると耐久があれだしな……。
468. 名無しの職人
　ああただ、バリスティックナイフはできたぞ？
469. 名無しの職人
　マジで？　スペッツナちゃんできたのか。
470. 名無しの職人
《短剣》と《投擲《とうてき》》系で使えるようだ。ロマンはあるが、ぶっちゃけ使えん。
471. 名無しの職人
　悲しい。
472. 名無しの職人

刀身拾いに行かなきゃならんからな。最初から投げナイフ投げた方が良いわ。
473. 名無しの職人
ＰｖＥじゃなくてＰｖＰ用だよなー。
474. 名無しの職人
間違いなく扱いは暗器。マガジンみたいに予備刀身は？
475. 名無しの職人
まあ思いつくけどよ、更に踏み込んで考えてみ？　どう考えても面倒くさい。
476. 名無しの職人
まあ……うん。投げナイフ投げるわな。
477. 名無しの職人
ロマンと実用性は別の話さ……。
478. 名無しの職人
バリスティックナイフを大量に持てばいいのでは？　投げる動作無く飛ばせるのは利点であるはずだ。
479. 名無しの職人
確かにありなんだろうが、問題は投げナイフより遥《はる》かにお高い事か。
480. 名無しの職人
物好きは確実にいるから、需要はあると思うぞ？

481. 名無しの職人
欲しい！

482. 名無しの職人
ほらな。

483. 名無しの職人
ところで仕様は？

484. 名無しの職人
筒型の柄《つか》と筒型の鞘《さや》兼装填《そうてん》用。そして飛ばせる刀身だな。刀身は投げナイフをベースにライチウムで作ってある。他はハルチウムだ。

485. 名無しの職人
ライチウムか。軽いもんな。その分他は耐久重視か。

486. 名無しの職人
おいくら万円？

487. 名無しの職人
素材自体は良いの使ってるが、短剣の派生だからなぁ。
セットで6～8の刀身だけなら2～3だろうか。

488. 名無しの職人
刀身高ない？

489. 名無しの職人
だから言ったろロマンだと。こいつの扱いはあくまで短剣で、投擲でも飛ばせるよってだけなんだよ。
490. 名無しの職人
扱いが短剣てっと……あっ。
491. 名無しの職人
材料は投げナイフじゃなく、しっかり短剣なわけか……。
492. 名無しの職人
そういうこった。刀身を工夫して投げナイフ扱いにできれば……ありかもしれんが。
493. エルツ
刀身は1本ずつ打ってるのか？
494. 名無しの職人
現状はそうだな。鋳造試してみようかと思ってるんだけど変わる？
495. エルツ
変わるぞ。投擲目的にするならそうするべきだな。まあ、鋳造用の配合決めないとだが。
496. 名無しの職人
まずはバリスティックナイフの鋳型からだわ。
497. エルツ

おう、頑張れよ。

498. 名無しの職人

俺はやるぜー！

03　土曜日　午後

お昼ご飯やらを済ませ、帝国帝都の広場でのんびり確認といきましょう。

《服装具》や《準礼装》に加え、パッシブ系の2次は特に言うことありません。とてもシンプルな効果ですから。

銀の鍵は『亜空間能力強化：極大』が『時空間能力強化：極大』になっていました。これは《時空魔法》のレベル1で覚えたものの影響でしょう。

【時空認識】
時間の流れ、空間の歪《ゆが》みを感知可能になる。

時間の流れ、空間の歪みに関しては現状不明。検証方法すら分からない状態ですね。

これにより《亜空間認識能力拡張》も、《時空間認識能力拡張》へ変わっていまし……あれ？　レベル下がってますね……。60近かったのが、今28になってる。下げられたということは、内部補正が上がったと思って良いですかね。前の60手前は、今の30手前と同じぐらいの数値だぞ……と。

亜空間の見え方はグリッドで表示されるようです。マス目のあれですね。

亜空間移動はグリッドを剝ぎ取るイメージや、裂くイメージでも良いようです。剝ぎ取って穴を開け、通るだけ。時間で自動的に修復されますし、塞ぐイメージでも修復可能。

恐らくこのグリッドが見えない、亜空間把握ができない人からすれば、ワープに見えるのかもしれません。

そう言えば、【インベントリ拡張】のMP使用率が1割になっていますね。50台は3割だったはずですが。【効率化】の効果が結構大きそう。

スキルレベルが上がってSPも増えたと思いきや、2次や3次強化でマイナスです。とは言えまだまだある。これから《閃光魔法《せんこうまほう》》や《暗黒魔法》なども控えていますし、《細剣《さいけん》》や《本》もですね。《蛇腹剣》はまだ先でしょう。

《時空間認識能力拡張》は《空間認識能力拡張》に、表示可能オプションが増えたような感じなので、これも特に気にすることはないでしょうか。強いて言うなら『亜空間能力者』の仲間入りです。

自分で亜空間検証をした感じ、認識さえできれば出入りは可能なのでしょう。ただし、『亜空間航行能力持ち』の方はそう単純でもないようです。亜空間での個人行動が可能な手段を持っていること……ですかね。

亜空間は恐らく宇宙空間と言えるような場所なので、無重力状態での移動手段が必須。無酸素状態の対策も必要。更に保温対策もですね。具体的には【耐熱魔法】【耐寒魔法】【呼吸補助《ブリージング》】が必須でしょう。

結論として亜空間とは……次元もしくは座標がズレるので、障害物がなくなり、空気もないので空気抵抗もなく、超高速移動が可能な空間ですね。

ただ、穴を開けておけば外の声は聞こえるし、空気がこちらに流れ込んだりはしていないので、完全に宇宙とは言い難い。そういう異界として認識するのが安定でしょうか。

亜空間を使うのは……ああ、ポータル開けるための初回移動で使えますか。ＦＯＸ４しないで済みますね。後は狩り場に行く時ですか。ビヤーキーを呼ぶ必要がなくなった。それ以外だと私の場合、短距離は【ショートジャンプ】で、長距離は普通に鍵で良いでしょう。帰りは【リターン】もありますからね。


さて、既にハロウィンキャンペーン中のようですね。土曜日の日付変更からなので、採取量が増えている。離宮に戻って月曜日から溜《た》めておいた大鉱脈を掘り掘りしましょうかね？

む……？　亜空間になにかいますね。亜空間能力者って珍しくないのでしょうか？　ビヤーキーの口ぶりからして、レア者だと思うのですが。

しかも子供ですね。少なくとも身長は低い。《識別》が動かないので種族やレベルなどは分かりませんが、魂は白い。悪い子ではないでしょう。奇抜な格好してますけど。和風というか、ピエロと言うべきか。

私の後ろから手が出てきてツンツンして、亜空間に腕が引っ込みます。……完全に子供ですね？

生憎と私の視界的に、背後どころか亜空間まで丸見えなのですが……付き合ってあげましょうか。

肩をツンツンされたり、外套《がいとう》を引っ張られたりするのに反応して付き合ってあげます。

しばらく遊んでいると、それを見てた住人の人がギョッとして、パトロール中の騎士を連れてきてしまいました。巡回騎士なので三人一組ですね。

ただ、空間から腕が出ていることにびっくりしているわけではなさそうですね。怯《おび》えの表情ではない。なんとも言えない表情なのはなぜでしょう。困惑……いや、呆《あき》れ？　『しょうがねぇなこいつは……』って顔ですか。ただ、私を認識した騎士は胃が痛そうな顔に変わりましたけど。

もしかしたらいたずらっ子で有名だったりするんでしょうか？　……だとしたら何という能力の無駄遣い。無駄遣いだからこその魂の色でしょうか。盗人には最高の能力ですからね。亜空間能力って。

「ネメセイア様ですよね。申し訳ありません。悪戯好きですが悪い子ではありませんのでどうか」

「ご心配なく。怒ってはいませんよ」

やっぱり知っているようですね。常習犯でしょうか。

ちょっかいが私ではなく、騎士の方へ。

「おいアル！　せめて相手を選べ！」

中性的と言える顔立ちですが、愛称はアルですか。男の子ですかね。

そろそろ良いでしょう。ちょっかいを出しに出てきた腕に触手を絡め、亜空間から引きずり出します。

「うぇ⁉　うわぁ⁉」

「私、外なるものでもあるので、亜空間認識できるのですよ」

自分の足元から出した触手2本をウネウネさせてアピールしつつ、捕まえたもう1本の触手で男の子のほっぺをグリグリします。

嫌がらせではないのでツルツルかつ、町中なので状態異常はオフですよ。

「む〜……似たような雰囲気だったけど、能力者だったかー」

「む〜じゃない。相手を選べ。それができないわけじゃないだろ？」

「ちゃんと選んだよ？　同じステルーラ様信仰者だもん」

「あー……いやまあ……うーん……そもそも悪戯をやめようか？」

「やだ！」

この子騎士と話しつつもグリグリされ続けてますね……。

それにしても……初見種族ですね。

「初めて見る種族ですね。お名前は？」

「僕はアルカディー・プロア！」

アルカディー・プロア　Lv48
歪曲《わいきょく》する悪魔。上級悪魔と称される歪魔《わいま》。地上で亜空間能力を持つ数少ない種族。

その歪魔筆頭で、歪魔と言えばプロア家。

プロア家はステルーラ信仰であり、道化師の格好をしていることが多い。
属性：―　弱点：―　耐性：―
綱：悪魔　目：人型
科：インプ　属：歪魔
種：歪魔
状態：正常

歪曲する悪魔で歪魔ですか。空間魔法系なのでしょうね。

「私はアナスタシア・アトロポス・ネメセイアです。よろしくお願いしますね」

「うん、よろしくね！」

ニコニコ笑顔でそう言った後、グリグリしていた触手をひしっと掴《つか》み、鉄棒のモノレールみたいに……豚の丸焼きと言った方が分かりやすいかもしれませんね。まあ、遊び始めました。

そしてやたらキレのある動きでグルングルンしています。

「遊びたい盛りでしょうか。何という身体能力」

「「「なぜお前はそうも能力の無駄遣いをするのか……」」」

「楽しい！」

「ああ、そうかい……」

「プロア家だけあって、能力自体はとても高いんですけどね……」

「もう少しこう、有意義な使い方をして欲しいもんだが……」

有名な家の子供で見た目もよく能力も高い。ただ、やんちゃ盛りであり悪戯常習犯だからこその表情でしたか。

年齢的には小学生ぐらいらしいので、そんなものでしょう。

「有意義って例えば……カレスティア領が物々しいとか？」

「「えっ……」」

「カレスティア領とは？」

「ここから南西にある魔法伯の領地だよー」

魔法伯！　ファンタジー特有の爵位ですね。まあそのまま魔法について詳しい云々《うんぬん》の伯爵家でしょう。

しかし物々しいとは穏やかではありませんね。情報の重さに騎士達が絶句していますし。

「私兵を集めているのですか？」

「私兵と……見覚えのない旗上がってたから冒険者かな？」

「カレスティア領……水晶の森で何かあったか？」

「なのかなー？　なんか守りを固めてる感じだったね。3人ぐらいで動いてた」

騎士の言葉からして、水晶の森と隣接している領地で、森で何かあったから防衛のために戦力を集めている……と考えるのが妥当ですか。

「一応上に報告だな、これは」

「「そうだな」」

「見覚えのない旗はどんなのか覚えてるか？」

「んー……なんだろ？　多分太陽と……人型の影２つ？」

「確かに、記憶にないな」

騎士３人は記憶にないようですが、太陽と人型の影２つ？　確かセシルさんの暁の騎士団がそんな感じのエンブレムだったような……。

ああ、やっぱりそうですかね。夜明けのタイミングで騎士の誓いをしているイメージとか言ってましたね。影なのは逆光と人物が分かる必要はないから。

「その影は立っている人と跪《ひざまず》いている感じではなかったですか？」

「あー、片方は小さかったからそうかも？」

「一致しているなら知り合いのギルドですね。領地の護衛依頼を受けたとか聞いていますよ」

「異人の冒険者ー？」

「そうですね」

割と重要な話のはずですが、遊んでいた触手が時間によって消えたらしょんぼりしたので、また出してあげると遊び始めました。元気ですね。

「ふぅむ……森に何かあったら城に連絡が行くはず。防衛なら騎士団が動くと思うんだが……何か聞いたか？」

「「いや、なにも」」

セシルさんに確認した方が良さそうですね。異人にはウィスパーという便利な機能がありますから。ゲームシステムは偉大。

『はいはーい。今忙しいから手短に頼むよー』

「では手短に。ギルドへの依頼はカレスティア領ですか？」

『お、そうだね。よく分かったね？』

「別口で情報が入りまして。水晶の森の異常ですか？」

『え？　森？　いやいや違うよ。ん……罠《わな》か？　まあ良い。1班突っ込め。2班遅れて突撃。3～6は広がって待機。7～10は裏から。報酬は絶対に逃さん』

クエスト真っ最中のようですね。

森は無関係のようですね。何かを捕まえようとしている？　既に報酬扱いされてますけど。

『えっと何だっけ？』

「森の異常ではないのですね？」

『うん、違うよ。犯罪者の大捕物だね』

「ああ、なるほど。森の異常なら城に連絡かつ騎士団云々なので、確認したかったのですよ」

『そっかそっか。領主から領地内の調査依頼が来て、進めてたら確保に変わったんだ。これでラストだろうから落ち着きそうだよ』

「犯罪者となると騎士団を動かすまでもないんですかね。分かりました」

『クロニクルってのが不安なところだよ。集めた情報から犯罪者は犯罪者でも、指名手配犯のようだから、領主はかなり殺《や》る気だよ』

「それで物々しいレベルでしたか。一応城の方に情報が行くでしょうから、何かあれば伝えるようにしてください」

『おっけー助かるよ』

「いえ、ではご武運を」

セシルさんとの会話内容を騎士に伝えておきましょう。

「そうか。あの森のスタンピードではなく安心だ……」

「ありがとうございます。早速隊長に伝えてきますので」

「ギルド暁の騎士団。ギルマスはセシルですので」

「了解です。情報提供感謝致します」

騎士の3人はアル君に『悪戯も程々にな』と言って、お城へ向かっていきました。

肝心のアル君は『僕がちゃんとしたところで褒めてくれないじゃないか……』と、不貞腐れていますね……。

なでなでしてあげましょう。グレてはいけませんよ。亜空間能力持ちが闇落ちすると、嫌な予感しかしませんからね。

お腹にグリグリ甘えてきますね……。

「家が有名なのも考えものだよね……少し上の兄弟がいると余計にさ」

「兄弟がいるんですね？」

「兄様と姉様がね。兄様は頭が良くて、姉様は情報収集が凄いんだよ！」

おや？　表情を見る限り仲が悪いわけではなさそうですね。どちらかと言うと自慢気です。仲が悪くて嫌いならそんな顔はしないでしょう。声色からしても嫌悪などは感じませんね。

「……家族のために頑張るのは良いんだ。勉強中は厳しいけど、それ以外なら優しいから。父上は遊んでくれるし、母上はよく撫《な》でてくれる。兄様と姉様は色んなことを教えてくれる。でもね？　他の者達は何もくれなければ、褒めてもくれない。僕の力の使い方は僕が決める。それはいけないこと？」

……なるほど。英才教育途中の子供……ですかね。

名家だからこそ、ただ笑って泣いて……の子供ではいられない。教育の結果、頭が良いが故に考えてしまうと。触手で遊んでいる時の動きからして、能力も高いのでしょう。

とは言え子供には変わりない。見て欲しいんですよ。褒めて欲しいんですよね。小さい頃、できた物を親に見せに行くんですよ。褒めて欲しかったり、喜んでもらいたかったりして。

……何という設定の子を作りますかね……私もまだ子供なんですけど⁉

「私も元の世界では未成年……子供ですから答えはあげられませんが、自分の力の使い方を自分で決める。それは良いことでしょうね。ただ、自分の行動に責任を持たないといけません」

「自分の行動の責任……」

「楽しいは正義ですが、自分の楽しいが他者の楽しいとは限りません。悪戯する方は楽しいですが、される方はそうとも限らないということです」

「むー……」

「そうだ。私のお母さんの言葉を、貴方にもあげましょう」

「お母様の？」

「ええ、少し長いんですけどね。小さい頃に真面目な声色でポロッと言われた言葉って、案外覚えているものですよね」

全員に好かれるなんてことはありえない。だから自分を好いてくれる人を大切にしなさい。好いてくれる人のために時間を使いなさい。

嫌いだと言う人は悪意しかないのだから、相手にする必要も、言葉を聞く必要もない。好きの反対は嫌いではなく無関心。興味がない、どうでも良いならそもそも声自体掛けない。

人間、自分の気持ちはしっかりと口にしなければ伝わらない。合わないなら合わないで良いから、それが分かったら関わることをやめなさい。お互いに幸せにならないし、自分から嫌な奴になる必要はない。時間も無駄。距離を取ることは逃げではない。

仕事などでどうしても付き合わざるを得ないなら、必要最低限のことだけで済ませば良い。深く踏み入る必要はない。

耳に痛い言葉ばかりが敵だとは限らないから、しっかり見極める目を持ちなさい。好き嫌いはどうしても言動に表れる。

「……難しいね」

「そうですね。立場があると中々難しいですが、心構えには良いと思いますよ」

「むー……」

「ああ、立場を逆に利用するのもありですよ？」

「逆に？」

「無視できない存在になれば良いのです。勿論《もちろん》良い意味で、ですよ？　失ったら困る存在になれば、自然と扱いは丁寧になるものです。まあ、自分の行動の責任も相応に重くなりますが……」

考え込んでいますね。

「勇気を出してお父様とお母様に相談してみるのも良いと思いますよ。愛情、感じているのでしょう？」

考えが纏《まと》まったのか顔を上げ、私から離れます。

顔つきが少し変わりましたか？

「……アナスタシア様。ありがとうございます。帰って父上と話してみます」

「いいえ、迷える子羊を導くのも聖職者の役目でしょう。話さなければ伝わらないものです。頑張るのですよ、アルカディー」

「はい。では！」

そう言って亜空間に消えていきました。最後キャラが違う気もしますが、やればできる子なのでしょうね。

実質、親に丸投げ。中身学生に期待しないで欲しいものです。

何かしらのキーワードで良い方向に行くと良いのですが……。これでこの子が闇落ちしたら、膝から崩れ落ちる自信がありますね。

後々確認できるイベントでもあると良いのですが。

さて、住人の変化を楽しみにしつつ、生産でもしましょうかね……。

離宮へ飛びまして、建物の裏にある大鉱脈を掘り掘りします。ワーカーを召喚してツルハシを取り出し、いざ。


カンッ……カンッ……カンッ……ポロポロポロ。


3個転がってきたので、1個増えてますね。美味しい美味しい。1週間分掘り尽くします。転がってきた物を一号が拾ってくれるので、ワーカーは結構重宝します。掘って拾っての作業は面倒ですからね。ワーカーがいればひたすら掘るだけで済みます。

これでミスリルの在庫が増えましたね。エルツさんに加工してもらいましょうか。ついでに一号とリジィ用の装備品も作ってもらいますかね。イベント来ますし、新調時でしょう。

採掘が終わったので調理場に移動して、全自動製茶機に茶葉も放り込みましょう。

料理はどうしましょうか。金策に走る必要が現状ないので、錬金が優先ですかね。とは言え日課の生産は既に終えていますし……そうなると魔粘土や五行札？　スキル経験値や売り上げを考えると、五行札作るより蘇生薬《そせいやく》作った方が良いか。

茶葉の間に魔粘土と蘇生薬でも作りましょうか。終わり次第エルツさんのところで、よし。

突撃、鍛冶屋さん！　エルツさんがいるのはフレンドリストで確認済みです。

「よお、姫様」

「インゴットにして欲しいのですが、今大丈夫ですか？」

「良いぞ」

エルツさんにミスリルとマギアイアン、ハルチウムにライチウムのインゴット製作依頼を出し、各種鉱石を渡します。後はマギアイアンである機甲種の残骸も。

「そうだ。姫様よ」

「はい」

「ミスリルを使用した属性金属の用意は可能か？」

「ああ、まだ試してませんね。ミスリルインゴットができたら試してみますよ。まあできると思いますけど、問題は品質ですか」

「できたら買うからよろしくな。それと普通の金と銀はどうしてる？」

「分かりました。金銀は持ったままですね。姫の立場だと逆に高すぎるのか、普通にしてるとその辺りのコネがありません。可能か不可能かで言えば可能でしょうけど」

「今はないんだな？　金銀も一応こっちで換金可能だぞ。マージン貰《もら》うけどな。今なら経験値入るし、延べ棒加工ならただでやるぞ」

「お願いしましょうか。《錬金》だと勿体《もったい》なくて鉱石のままなんですよ。換金は……現状困ってないので、延べ棒保存ですかね」

「あいよ」

溜まりに溜まった金と銀鉱石も渡しておきます。

作業場に入るエルツさんを見送りまして、売り場を物色……ではなくリストから探しましょうか。フィルター設定で《投擲《とうてき》》を……ふむ。確かに投げナイフは安いですね。斧《おの》系はそれなりの値段していますが、【泡沫《ほうまつ》の輝き】前提なのでコスパは最高です。

いっそ、普通の片手斧や両手斧をぶん投げさせた方がダメージ高いのでは？　掲示板確認しますか。絶対に検証されているでしょう。


《投石》系統は投げるという行為に補正を与えるスキルだが、命中率などは投げる物の影響を受けやすい。

投擲武器は非常に素直に飛んでいき、安定したダメージを与えられる。それに比べ、それ以外の武器は命中率も悪く、中《あた》ってもジャストヒットしづらい。刃の部分が中らなければ効果は薄いわけだな。槍《やり》が一番投げやすく、続いて斧、最後に剣だ。

基本的に投擲武器以外を投げる意味はないが、牽制《けんせい》にはなる。でもぶっちゃけ牽制にするならそこらの小石で良いだろう。普通の武器を牽制に使うのはコストが重過ぎる。

そういう意味では、チャクラムがかなり優秀だったりする。あれはドーナツ的な形で、外周が刃だからとても楽だ。ブーメラン系統なので手元に帰ってくるため、拾いに行く面倒がなく高得点。ただし！　問題は自分にも牙を剝くことだ。牙丸出しの武器だから仕方ないんだが、チャクラム系の最大の問題と言える。

そんなわけで、総合的なお薦めは投槍だ。アトラトルという投槍器は良いぞ？　難しく考える必要はないからな！　とりあえず投げて中れば刺さる！

これでてめぇも原始人。もしくはヒャッハー！

弓を使え？　どうじでぞんなごどいうのおおおお！

ちなみに《弓》と《投石》の違い。弓は器用で、投擲は筋力のステータス補正が高い。だから筋肉好きはこっちだ。そもそもこの多様なスキル群の中から《投石》系統に興味持った時点でこっちだ。脳筋が難しいこと考えてないでこっちに来い。

暑い勧誘だ。絶対に暑苦しい。間違いなく引きずり込もうとしている。だが情報自体はとても素晴らしい。でも私は取らない。

リジィの構成を考えると斧一択。スキルも《投擲術》と3次ですし、多少投げにくいのでも問題はないとは思いますが……ロマン扱いするつもりはないので、投擲用を買っておきましょうか。

それで、問題は一号。現状ハルチウムと属性武器です。これより上がアイリルまたはミスリル。今回でミスリルがたんまり……というほどではありませんが採れたので、それを下僕達の装備にしても良いのですが……。

下僕達は魔鉄と魔銀の合金であるアイリルか、純ミスリル製の方が良いのか……どっちでしょうね？　魔法生物なんだから魔力纏ってるはずなので、純ミスリルで良い。《魔法技能》系を持たせれば純ミスリルで良い。【泡沫の輝き】での具現化使用なのだから、純ミスリルで良い。

簡単に考えてもこれだけ出るので、やっぱ実際に試すのが一番ですか。

エルツさんのところにも試し斬りできる施設ができているので、そちらをお借りしまして。

リジィと一号を召喚して試し斬りをさせ、どちらが良いかダメージを見つつ、使用者に確認。その結果、リジィは純ミスリル製で、一号はアイリルを指します。

リジィは《闇魔法》を持っているので《魔法技能》持ち。一号には持たせていません。【泡沫の輝き】は現物が必要なので、この施設の機能では試せません。自前、もしくは商品の試験場です。現物を【夢想の棺】にしまう必要のある【泡沫の輝き】は試せません。つまり、エルツさんの協力が必要ですね。

一号に《魔法技能》を持たせて再召喚し、試させます。

「何してんだ？」

「召喚体はアイリルとミスリル、どちらが良いのかと試してました」

「ほう。結果は？」

「一号、どっちですか？」

一号は純ミスリル製を指しました。

「《魔法技能》系統を持ってるかどうかが判断基準ですかね」

「召喚体も同じか。《魔法技能》系統のスキルレベルは、耐久の減りに影響してるんじゃないかって、使用者達が言ってるな」

「なるほど、そっちですか。攻撃力に影響はないんですね？」

「そうだな。攻撃面は《魔装》の効率が良いとかぐらいじゃないか」

「魔法剣でしたか」

「おう」

丁度良いので、エルツさんにアイリルとミスリルの現物を借りまして、【泡沫の輝き】をチェックします。

結果として《魔法技能》の影響が消滅。つまり有無は無関係に。そして【泡沫の輝き】使用時のＭＰコストが、ミスリルの方が低い。魔法適性で消費ＭＰが増減するということでしょう。

つまり、他は変わらないので純ミスリル製一択ですね。

エルツさんに現物を返却しまして、インゴット達を受け取ります。

銀１５２個、金１３２個、魔鉄が57個、ハルチウムが１２３個、ライチウムが79個、ミスリルが63個ですか。

早速素材の強化をしましょう。

「必要素材数が増えてますね……」

「まあ、むしろ20個じゃ少ない感じしてたからな」

「全身20個でしたからね……そう甘くはありませんか」

スチールからマギアイアン30個。マギアイアンからハルチウム40個。ハルチウムからライチウム40個。

「ミスリル50個……」

「今50個はいてぇな」

「一号用の武器も欲しいんですけどね……。トマホークってインゴットの必要個数何個ですか？」

「トマホークは……2個だな」

一号用に欲しいのは片手剣、片手鎚《づち》、両手剣、両手鎚、小盾、大盾。リジィに投擲斧。インゴット換算すると3、3、5、5、4、8、2なので30個ですね。

ミスリルインゴットは63個入って、リジィの強化に50で残りは13個。まあ足りないわけですが、そこまで急いでいるわけでもありません。

と、言うか……。

「完成品買って、残りのミスリルは属性金属に変えますかね……」

「その方が素材持ち込みより良いだろうな。俺もそっちの方が嬉《うれ》しい」

「宝石も新しいのが出ましたが、属性金属にするにはなんとも……」

「サンストーン達だな？」

「ええ。金属にするにはサイズが中以上必要なので、今は【錬成】しないと」

「【錬成】のレートは確か3：1だったな」

「戻ったら試してみましょうか……」

「おう」

新しく採れた宝石達はサンストーン、アクアマリン、シトリン、ペリドット、セレナイト、モリオンでした。

とりあえずエルツさんから買い物。

ミスリル製を一式揃《そろ》えます。トマホーク、片手剣、片手鎚、両手剣、両手鎚、小盾、大盾ですね。……1・5Mですか。まあ仕方ありません。流石にハルチウムは弱いので変えないと。

そして持っていたハルチウムの片手剣、片手鎚、両手剣、両手鎚、魔金鉄の片手剣、小盾、大盾。そして魔紅鉄の片手鎚、魔天鉄の片手鎚を売ってしまいましょう。

「ミスリルの属性来るし、魔鉄の属性は買い取り下げるぞ?」

「魔鉄の時点で既にトップには威力不足感否めませんし、下げ時ですか」

「一陣二陣はもう買わんだろう」

まあ持っていても邪魔なので、買い取ってもらうしかないんですけど。

あれ、結局誤差みたいな減りになりましたね。下がったとは言え属性武器混ざってますし、買った個数より売った個数の方が多いので、そんなもんですか。属性武器いい値段しますよね……。

「では戻って生産してきます」

「まいど!」

一号とリジィの装備強化を終え、離宮へ戻ります。そしたら一号とリジィを召喚して、模擬戦をさせる。使用人組と戦うのも可。なんか効果あるっぽいんですよね。

そして私は錬金部屋へ。

サンストーン小3個を【合成】すると、少し大きくなりサンストーン中に。

ミスリルインゴットとサンストーンの中、魔石の中を【合成】して、サンストーンミスリルインゴットが完成。

ミスリルインゴットでアルマンディン大も使用して、アルマンディンミスリルインゴットも作ります。

ミスリル製属性金属……綺麗《きれい》ですね。ミスリルの青っぽい銀に、更に薄《うっす》らと宝石の色が混じっています。

まあ、問題は性能ですけど。アルマンディンの大とサンストーンの中は……現状サンストーンの中を使うぐらいなら、アルマンディンの大を使うべきですかね。どちらもサイズが同じならサンストーンでしょうが、サイズの壁は大きい。

ということで……手持ちのミスリルは13個。アルマンディンミスリルを11個、サンストーンミスリルを2個にしましょうか。インゴット1本だけ売られても困るでしょう。

そろそろ魔石も中だけでなく、大も買いましょうかね？　《錬金》系統の必需品みたいなものですし。

《死霊秘法》で取り込むので、自分でのドロップは期待できないんですよね……。

今日はこのまま生産しましょうか……。《錬金術》も3次にしたいですね。

寝る前にエルツさんのところに属性金属を持ち込んで、委託に蘇生薬でも流してから寝ましょう。

■公式掲示板2

【今日もせっせと】総合生産雑談スレ　114【物作り】

1. 名無しの職人

ここは総合生産雑談スレです。

生産関係の雑談はこちら。

各生産スキル個別板もあるのでそちらもチェック。

前スレ：http://＊＊＊＊＊＊＊＊＊

鍛冶：http://＊＊＊＊＊＊＊＊＊

木工：http://＊＊＊＊＊＊＊＊＊

裁縫：http://＊＊＊＊＊＊＊＊＊

...etc.

>>940　次スレよろしく！

237. プリムラ

リアル側の家具を真似て作って置くと、たまに住人の人が買ってくね。

238. 名無しの職人
マジで？

239. 名無しの職人
カフェに住人が入ってるのは見るけど、家具も買ってくのか。

240. 名無しの職人
料理系の露店……屋台だと結構買ってくよ。

241. 名無しの職人
子供達がおやつに買ってったりするよな。

242. 名無しの職人
するする。

243. 名無しの職人
休み時間になると、創作部に入った友人のたかし君がやってきました。
たかし君は建物が倒壊しないよう、必要な柱の計算をしたいそうです。
教えてあげましょう。

244. 名無しの職人
まてやこら。

245. 名無しの職人

要求知識がガチ過ぎるわ。

246. 名無しの職人

たかし君いくつよ……。

247. 名無しの職人

いくつに見える？

248. 名無しの職人

暴投だー……。

249. 名無しの職人

んー……2人と1匹……かな……。

250. 名無しの職人

こいつらキャッチボールしてねぇわ。

251. エルツ

おう、たかし君には帰ってもらえ。とりあえずこのSSを見てくれ。

252. 名無しの職人

おーん？　へー！

253. 名無しの職人

ほう……。

254. エルツ

これは知り合いいないと無理だろうから、検証結果を載せておくぞ。

255. 名無しの職人
さんきゅーおっちゃん！

256. 名無しの職人
《聖火》に聖水ね……。聖水だけじゃ大した変化無かったしなー……。

257. エルツ
それでこれがとっておきだ！

258. 名無しの職人
マジか。更に上があるのか。

259. 名無しの職人
浄化の銀剣が浄化の輝剣《きけん》になったのか。
聖騎士の標準装備であり、ベテラン冒険者は少なくともＰＴで１本は持っている。
《鍛冶》と《錬金》、そして聖なる灯火と祈りの結晶。

260. 名無しの職人
光属性で特効付きとか、アンデッド絶対殺すマンで草。

261. エルツ
教会に確認しに行ったが、教会のマークを入れなければ、冒険者も持っているため別に問題無いとの事だ。

262. 名無しの職人
　属性と種族特攻だから高くなるね？
263. 名無しの職人
　見た目も固有エフェクト付いちゃってるしなー……。
264. 名無しの職人
　聖騎士が稀《まれ》に素振りしてるのとか見れるけど、光ってたのはこれだったんだな。
265. エルツ
　素材も工程も多いからな。作るのは大変だぞ。だが、見合った効果はありそうだ。
267. 名無しの職人
　どうして皆そうやってアンデッドを虐めるんだ！
268. 名無しの職人
　臭いから。
269. 名無しの職人
　キモいから。
270. 名無しの職人
　汚いから。
271. 名無しの職人
　スケルトンとか霊体はまだ許せるけどゾンビはない。

272. 名無しの職人
悲しい。

273. 名無しの職人
中位アンデッド辺りからも許してあげて。

274. 名無しの職人
《腐乱体》が外れるんだっけ。

275. 名無しの職人
臭いのが消えるだけで、他変わらないんだけどな。

276. 名無しの職人
それな。

277. 名無しの職人
キレイキレイしなきゃ。

278. 名無しの職人
殺菌しなきゃ。

279. 名無しの職人
雑菌がぁ！

280. 名無しの職人
汚物は消毒だぁ！

281. 名無しの職人
白血球かと思ったらヒャッハーになった。
282. 名無しの職人
お宅の白血球はモヒカンなのかい?
283. 名無しの職人
マジかよ……。
284. 名無しの職人
や〜い、お前の体内世紀末〜!
285. 名無しの職人
斬新過ぎる煽《あお》り。
286. 名無しの職人
斬新すぎて伝わらない。
287. 名無しの職人
世紀末は置いとけ。
しかし《聖火》か……確か姫様が言ってたな。
288. 名無しの職人
《火炎魔法》と《聖魔法》を持っていると、聖職者が教えてくれるらしいぞ。
289. 名無しの職人

我ら生産者！　そんなものは持っていない！
290. 名無しの職人
はい。
291. 名無しの職人
はいじゃないが。
292. 名無しの職人
聖火と聖水、魔銀を用意します。
聖火でミスリルインゴットを作ります。
聖火で作られたインゴットに、《錬金》で光系統の宝石を【合成】します。
【合成】されたインゴットを聖火で叩《たた》き、聖水に浸けます。
完成！
293. 名無しの職人
今のところミスリルは洞窟ダンジョン下層？
294. 名無しの職人
もしくはハウジングの鉱脈系。
295. 名無しの職人
聖水はたまに委託で売ってる。品質は現状ぶっちぎりで姫様。
296. 名無しの職人

他の聖職者組は品質低め……というか、神様関係は姫様が一強すぐる。
297. 名無しの職人
それな！
298. 名無しの職人
姫様は結構教会でお祈りしてるのが目撃されてるからなー。
299. 名無しの職人
姫様のが買えるかは運次第だが、普通の品質の入手は問題ない。それより聖火だ。
300. 名無しの職人
これ炉の点火に《聖火魔法》を使えって事だよね？
301. エルツ
そうだぞ。付けっぱで一応維持は可能だ。維持費は知らん。
302. 名無しの職人
火炎と聖の組み合わせはそれなりにいると思うが、聖火を取ってるかは怪しいな。
303. エルツ
アンデッドに対してはバリクソ強いらしいぞ。他は普通に火らしいが。
304. 名無しの職人
聖火持ってる人がいるＰＴはこの武器いらんよな？
305. 名無しの職人

まあ、値段も高くなるだろうし後回しじゃろな。
306. 名無しの職人
エンチャ持ちがいても後回しだろうか。
307. 名無しの職人
スペツナズナイフを各属性の刀身で用意すれば……割とありなのでは？
308. 名無しの職人
まあ、普通に用意するよりはコスト下がるか？　ロマン感は否めないが……。
309. エルツ
その場合鋳造だと勿体無《もったいな》いな。
310. 名無しの職人
簡単に装着できるリボルバーのローダーみたいなのあればなお良いな。
311. 名無しの職人
スペツナズナイフが作れるなら……という事で、とっつきができました。
312. 名無しの職人
マジで⁉
313. 名無しの職人
パイルバンカーですか⁉　やったー！
314. 名無しの職人

空打ちすると耐久の減りが多い。必要Ｓｔｒがエグいというのが分かっています。

315. 名無しの職人

再装塡の問題？

316. 名無しの職人

それもあるし、射出後に腕持ってかれる。

317. 名無しの職人

あー……反動制御か。

318. 名無しの職人

魔動式にしたいんだけど、原理が分からないからね……。

319. 名無しの職人

使い勝手はどんなもんよ？

320. 名無しの職人

ステータス次第では普通に実用性ありそうだよ。

321. 名無しの職人

ほんま？

322. 名無しの職人

アタッカー用に両手鎚《づち》形状のとっつき作ってみたいね。片腕用であれだから、両手でヒットアンドアウェイすれば普通に強いと思う。

323. 名無しの職人
火力あるけど外したら泣けるタイプだな！
324. 名無しの職人
ああ、後あれだね。当然のように煩《うるさ》い。
325. 名無しの職人
まあ、とっつきに静音性求める奴はおらんじゃろ。
326. 名無しの職人
耳の良い敵が寄ってくるな！
327. 名無しの職人
普通に狩ってるだけで敵を釣るとか素敵！
328. 名無しの職人
攻撃判定は刺突と打撃かー。
329. 名無しの職人
筋力で再装塡と反動制御ができるから、脳筋が使えば強いよ。
330. 名無しの職人
片腕はともかく両手用はちゃんとミートできるか怪しいな。
331. 名無しの職人
ロマンだから良いんだよ！

04　日曜日

始まりの町の周辺にいる狼《おおかみ》に絡まれながら亜空間を試しますが、戦闘中は使用不可ですか。【ショートジャンプ】使えと。

亜空間から相手の背後に出て攻撃することで、初発の不意打ちは可能ですが……それ系のスキルを持っていないので、あまり意味がないですね。立場的には暗殺される側。ＲＰ的にも無しか。亜空間より触手を積極的に使っていきたいですね。

ご協力頂いた狼さんを転がして取り込み、今度は亜空間を開いてから狼のタゲを取り、狼・亜空間・私というポジショニング。

私に攻撃するため走ってきた狼は、途中の亜空間を素通りして私に攻撃してきました。私自身は《高位物理無効》でダメージなしです。

続いて触手を使い、攻撃してくる狼さんを亜空間に向かって飛ばします。弾き飛ばすようにするとダメージが入るので、下から掬《すく》い上げるように。

すると狼は亜空間に吸い込まれ、ポリゴンになりました。

『認識』できなければ入ることも不可能だが、『認識』できる者が引きずり込むことは可能……

か。まあ、でなければビヤーキーでも移動ができないことになりますからね。

亜空間を使用した討伐に経験値はなし。まあ『経験』してませんからね。

経験値なし素材なしの時点で、ゲームとしては最終手段も良いところですね。経験値と素材が欲しくて狩りするんですから、亜空間で倒すのは時間の無駄か。

様々な意味で美味《おい》しくない敵を捨てる……という選択肢はなくもないですが、それなら視界に入った瞬間こっちが入ってスルーした方が確実。素直に亜空間に放り込めない可能性を考えると、最初から除外しておいた方が、無駄な行動しなくて済みますからね。

視界に入った瞬間の逃げには最適。それ以外は亜空間の戦闘使用はなし……と。

便利能力が増えたぐらいの認識ですか。1回ステータスをじっくり見直しましょうかね……？


前提として、私には制限が付いている。明らかに上位種族ですからね。そのままだとバランス的にダメでしょう。スキルはあるので行動自体に制限はないため、特に気にすることでもありません。

この制限により進化しても与ダメが跳ね上がったりなどしませんでしたね。種族特性による光と闇系統ボーナスあり。他の人外種よりも高め？　ただし他属性の威力が下がるどころか、取得不可なので正直かなり重いデメリット付き。

ゲームである以上、与ダメに目が向きがちですが、人外である最大の利点はそこではないでしょう。『人外だからこその……人外ムーブができる』です。『人外なんだから人外ムーブしかできん』

とも言えますけど。

これを利点と取るか、ストレスと取るかは人次第。会話での住人のＡＩも違いますし、そもそも操作面での苦労があり得る。

だからこそＲＰ向けとも言われる所以ですね。戦闘面では嵌《は》まれば強い。場合によってはただのカカシ。天敵だとワンチャン即死とピーキーな設定付き。

私のメイン火力は光と闇系統の魔法。よってメイン武器はもはや《本》です。

アサメイは武器というより補助アイテムに近い。私の認識ではもはや盾扱い。《細剣《さいけん》》より《蛇腹剣》のおかげで、武器として多少の出番があるぐらい。装備枠的には右手にアサメイ、左に本ですね。

他はパッシブ系や生産。このことからも、私のメインは種族スキルというのが分かりますね。パッシブスキルは良いものです。固定値は裏切らない……。

戦闘に関してはまあ……良いでしょう。今まで通りです。


ＲＰ方面で活かせるものが何かないか。

せっかく人外種なのです。エリーのお父さんとの話もありますし、そろそろＲＰに本腰を入れていきたい。つまり人外ムーブはしていくべきでしょう。

私にとって一番の人外要素は間違いなく触手。他にそれっぽいのは《死霊秘法》でしょうか。

死霊に触手……どう考えてもヒーローではありませんね。不死者系統の種族なので、ダーク方面に行くのは致し方なし。ダークヒーローなんてのもありますが、正直これと言って興味はありません。正義など視点の違いでしかないのですから。自国の英雄、他国の仇敵《きゅうてき》。

私はヒーローよりナイトが好きですね。

それはそうとRPですが、言動に関しては大丈夫でしょう。動きはアシストがありますし、口調は……どちらかと言えば命令形にするべきなのでしょうが、まあ丁寧語でもそれほど違和感はない……でしょう。

RPで分かりやすいのはやっぱり見た目。見た目が一番簡単で、一目で分かる。装備を固めるだけですからね。ただ、RPと判断するには見た目だけでは足りません。職業や趣味に合わせているだけの可能性が高いですからね。

RPには口調や動作……言動のどちらかは必須で、両方あれば完璧でしょう。例はキヒカンさん。肩パットやベルト、短剣装備であの口調ですよ。RPガチ勢。装備だけあれなら個性的というだけの評価になり得ます。

印象に残すためにはやはりインパクトが必要。……アニメや漫画を参考にする場合、やはりビジュアルか。ブレないキャラというのは必須でしょう。そして方向性も決めておいた方が楽。

んー……とりあえず、ウルフが鬱陶しいので町に帰りましょうか。格上に喧嘩《けんか》を売り続けるAI。

中央広場に戻りまして……お、噂《うわさ》をすれば。……噂というか思い浮かんだだけですけど。

「ごきげんよう、モヒカンさん」

「あぁん？　姫様じゃねぇか！　久しぶりだぁ！」

「モヒカンさん、今お時間ありますか？」

「ヒヘヘヘ、俺に惚《ほ》れちまったのかぁ？」

「まあ、惚れ惚れするＲＰなのは間違いありませんが、そうではなく。私もＲＰを本格的に始めようかと思うのですが、どうしたものかと」

丁度良いと言えば丁度良いので、モヒカンさんに相談してみましょう。

誰かと話した方が纏《まと》まったりしますからね。

「ヒャハハハ！　そりゃ良いぜぇ！　だが姫様は既にある程度イメージが付いちまってる。劇的に変えるのはお薦めしねぇなぁ」

今から方向転換するには、有名になり過ぎたのでしょう。

それに、既に職業まで就いてしまっています。今更その辺りまで変える利点はないでしょうね。

「とりあえず今の方向を変えるつもりはありません。せっかく動作アシストなんかもありますからね。ただ、よりＲＰぽくできないかな……と」

「ヒヒヒ、良いねぇ」

「先程何か使えないかとステータスを見直していたのですよ。それでキーワードですが……姫、聖職者、死霊、触手などで何かありませんかね？」

「……ギャハハハ！　薄い本しか出てこねぇや！」

おや、ＰＴですか。ＰＴチャットですかね。

「よし、少し真面目に話すとしようか。確か攻略板に纏めてたな」

モヒカンさんの中の人が出てきましたね。

「んんー……メインをどうするかだ。軸を姫……外なるもの……聖職者……いや、この場合は『最高権力者』とするべきかもしれない」

「そう……ですね。口調や動作を変えるつもりはありませんから、その方が良いかも」

「権力者……まあ、イメージは王家として、姫と言っても色んな種類がある。とは言え言動を変えるつもりがないなら……ふむ」

「せっかく人外種なので、人外ムーブもして行きたいんですよね。使えそうだったのが触手と《死霊秘法》です」

「なるほど。年齢的にもゲーム的にも、Ｒ－18方向は排除するとして……ダークファンタジー系か」

骨と触手はやっぱダークファンタジー方面になりますよね。

「女の子と骨というのは検索すれば結構できたはずだ。女の子と触手は検索難易度が高いな」

……綺麗《きれい》なモヒカンさんとあれこれ話して纏めます。

「姫やお嬢様として、骨に日傘を持たせる」

「……普通ですね。いまいち惹《ひ》かれません」

モヒカンさんもそんなでもないのか、さっさと次へ。

「骨にお姫様抱っこをしてもらい、自分では歩かない」

「……なるほど、良いですね」

これは召喚体との相談。少し大きめな素体が良いですね。座り心地も肝心です。収まりが良くないと辛いので、それだと長続きしません。

要確認。

「玉座的な物に堂々と座り、骨を騎士的に待機させ、触手をうねらせる？」

「ビジュアル的には良さそうですが……邪魔では？」

中央広場にいる今現在、モヒカンさんは周囲に目を向け頷《うなず》きます。

惹かれるのは確かですが、どちらかと言うとＳＳ向きですね。お茶会用ではなく、豪華な椅子も用意しておくべきか？

「触手の操作性と本数は？　自由に形を変えられるならそれに座る」

「スキルレベル依存本数で操作性は良好」

「うねらせつつ数本に座るだけでも良さそうだ」

ふぅむ……相談したのは正解でしたね。

「移動だ何だを考えると、お姫様抱っこが有力か」

「そうですね。そうなると素体厳選と……ＡＩがどこまで対応してくれるか」

「ダメそうなら触手に切り替え」

「ありがとうございます。その方向で考えてみますね」

「ヒャハハハ！　仲間は歓迎だぁ！」

あ、戻った。

狩りに向かったヒャッハー系いい人を見送りまして、私は《死霊秘法》のカスタムを確認します。

ビジュアル的にもある程度大きい方が良いのですが、サイズって召喚コストに直撃するんですよね。……どうせ戦闘中は切り替えるので構わないのですが。

RP用なので、全てにおいて見た目優先。トロールよりはオーガですかね。

持たせるスキルは……《重心制御》系に《足捌《あしさば》き》系。それとパッシブ系を持たせて、残りは防御系で埋めましょうか。

テンプレート名は『RP移動用』ですね。早速召喚して試すとします。

3メートル手前の骨オーガが這《は》い出てきたので、早速持ってもらいましょう。お姫様抱っこは結構難しいんですよ。とは言え持つのが骨なので、なんとも言えませんが、一号にはマスターしてもらいます。

私の重力を弄って軽くしておけば良いですかね。無重力だと逆に持ちづらいでしょうから、0・6倍ぐらいで良いですかね。

一号、多少の安定性より見栄え重視で。安定も速度も個人飛行に勝るものはないので、気にしたら負けです。疲れて腕がプルプルすることがないのはアンデッドの利点か。

座り心地などは当然『椅子に座る』を超すことはないので、気にしたら負けです。落とさず、ストレス溜《た》まる程でもないなら問題ないでしょう。

……4本腕にすれば乗り心地は安定しますかね？　頭、背、腰、足を支えてもらえば完璧なのでは？　色々試すとしましょう。


一号にいまいち迫力というか、怪しさというか……こう、それっぽさ？　雰囲気が足りないのが分かりました。ボロボロのローブでも装備させますかね……？

その場合……ダンテルさんにアバターで作ってもらうべきか。ステータスはいらないので、素材性能はガン無視して見た目を追求。RPにおいて雰囲気は大事。見た目から入るのは基本。私だけでなく、一号にも気を回さないとダメか……。

ふわふわが命になりそうなので、課金してボーンを増やすのも良いですね。

とりあえず、ダンテルさんのところですね。一号に運ばれます。

「お？　ああ、姫様か」

「ごきげんよう。相談があるのですが」

「なんだ？」

「一号のビジュアルをそれっぽくしたいのです」

ダンテルさんにRP計画を話して、早速あーでもないこーでもないと設計図を弄り回します。

騎士っぽい感じも考えましたが、なんかこう……微妙ですね。やっぱり黒のローブ系でしょう。死神とかあんな系のやつ。

そもそも骨に鎧《よろい》着せるなら、アーマー系召喚すれば良いでしょう。

「ローブの動きを追求したいなら、やっぱ課金は必要だな」

「アバターなので飽きるまで使えますからね。課金することも考えています」

袖を程々にボロボロに。裾の方は結構ボロボロに。フードは少し大きく、余裕を持たせて……色は当然黒ですね。

靡《なび》かせるにはボーンが細かくないと不自然な動きになり得る。

「と言ってもローブだからな……そんな増やしても……？」

「初期でも結構ありますね……」

ボーンありのアイテムを所持してなくてもプレビューをさせてくれるので、見てから必要な物を買えます。

ボーン数は装備によって違うので、何倍にするかで入手法が変わります。基本となる2倍が課金のみ。一つ下がドロップと課金で1・5倍。一番下はドロップのみで1・25倍。上二つはレイドと課金ですね。2・5倍と3倍です。現状レイドが未発見なので、課金一択。

「初期でも問題はなさそうだが……2倍は過剰か？」

「過剰な気もしますが……多少過剰なぐらいで良いでしょう。500円で後悔した挙げ句、また800円出すのもあれですし」

「学生は自由にできる金も少ない。とことん拘《こだわ》って1回で済ますべきか」

お値段は1・5倍から500、800、1200、1600です。

鎧とかが初期ボーン数少ないようですね。正直増やしてもしょうがないと思いますけど。

布製品が多いようで、その中でもローブやマントは多い。ただし多いと言っても、違和感がない程度には簡略化されていて、意識すると多少不自然だったりするぐらいの状態です。

「姫様のその外套《がいとう》、ボーン数いくつなんだろうな……」

「いくつなのでしょうね？　この装備はユニークなので、多くなってるでしょうけど……ボーン数までは見れないんですよね」

「運営側が用意したのだと、プレイヤーが作れないレベルの可能性もあるからな」

「ここの運営なら聞けば教えてくれそうな気もしますね……」

「……ダメ元でメールだけ送っておくか」

装備を弄り回すことしばらく、運営から返信がありました。

装備担当者からの返信によると、一般的なマントの3倍より少し多いとのこと。運営側はレア度的な物で容量を決めており、それを最大限活かし、負荷がかかり過ぎないボーン数。

調子に乗って増やしまくったら過剰で動作にほぼ意味がなく、負荷だけ増々《ましまし》のゴミ装備ができたので、結果的に3倍より少し多い程度に落ち着いた。

「姫様の装備は普段遣いが前提なので、ゴッズにしてはかなり大人しい。容量で言えばアリメイと本が防具より多いそうだな。姫様の装備は扱い的には神器だけど、フレーバーテキスト的な意味合いが強い……だと？」

「ステルーラ様から受け取った装備なので、嫌でも扱い的には神器になるのでしょう。と言うと、本来の神器はもっとぶっ飛んでいるわけですね？」

「まあ確かに？　ＭＭＯというのを除いても、ファンタジーで出てくる神器にしてはかなり控えめだな……とは思ってたが」

まあ今肝心なのはボーン数だ……ということで。

とことん違和感をなくしたいなら3倍。ただ、3倍は趣味に近いレベルになるそうで、普通に使う分には2倍で十分。

「明確にボーン数が出るのは丸めた時……なるほど、確かに。ちょっと待てよ」

「わざわざ丸めませんけどね。だからこそ2倍で良いということですか」

さすがトップ筆頭であるだけあり、既に各種ボーン数のマントサンプルを用意しているみたいですね。

私の外套とダンテルさんの作った各種マント。これらを丸めてみると、確かに違いが出るようで。

綺麗に丸められる私の外套と、少々いびつになる一般マント。2倍マントは少し硬い素材を丸めたような感じに。私の外套と3倍マントは何が違うのかよく分からず。1・5倍はともかく、2・5倍は並べると確かに……？なレベルですね。

「肌触りなんかは素材依存ですよね？」

「そうだな。ボーン数が少ないとちょっと引っかかったりする感はあるぐらいか」

ボーン数が少ないと動かないところが出てくるので、仕方ありませんね。

「おや？」

「どうした？」

「なんか『種族イベントの可能性あり　14時頃』と表示されてますね……」

「ほう、種族イベントか。外なるものか、ネメセイアか。どっちもこの世界ではあれなんだが？」

「今予想できるのはセシルさん関係でネメセイアでしょうか」

「そう言えばクロニクルが云々《うんぬん》言ってたな。おし、こんなんでどうだ？」

「良いですね」

誰が何してるかなど知りようもないので、他は分かりようがないとも言うんですけどね。

形状が決まったら素材を選びまして、課金して物を購入。あとは生産依頼して待つだけです。

「これならすぐできる」

「ところで、いくらですか？」

「アバター用だからなぁ……5万でいいぞ。ローブだし、肌触り重視の素材だし」

ダンテルさんが作るために奥の作業部屋へ引っ込むのを見送りまして、私はお店でも物色しましょうか。

ダンテルさんは《裁縫》関係の生産者です。よって、お店に並ぶのは布や革製品になりますね。

つまり対象プレイヤーは魔法系と斥候などの軽装組。

ただ、実はタンクの人などもお店で見ることがあります。主に外套とかマント、ローブ目当ての人ですね。腰につけるベルト系もダンテルさんです。

外套やマントは悪天候対策装備で、ベルトはサブ武器の保持数などに影響あるので、地味ですが結構重要部位だったり。レインコートありとなし、どっちが良い？　という状態ですね。ベルトは言わずもがな、腰に吊《つ》るせる個数などに直結します。

ということで、ダンテルさんの客層は結構幅が広い。そして商品の幅も色んな意味で広い。

ファンタジー冒険者のような革装備から、どこかで見たような見た目の装備、更にはきぐるみまで展示されています。ドレスにメイド服は勿論《もちろん》、巫女服《みこふく》やらもありますし、水着なんかも並んでいますね。

……赤褌《あかふんどし》。こんなの好んで装備する人は……いるんだろうなぁ。お、ジャージまである。体操服に……これは袴《はかま》ですか。

冒険者装備にドレス、メイド服は世界的にも合うのでしょうが、ゲームだけあってやりたい放題ですね。

うん、実に楽しんでいるのでしょう。

「できたぞー」

ダンテルさんにお金を払いまして、早速移動用のアバターに設定。そして搭乗……搭乗？　まあ、良いか。

「まんま骨……よりは雰囲気出ましたかね」

「んー……骨はこれが限界か？」

「限界ですね。サイズはコストに直結しますし、カスタムもパーツを入れ替えたり増やしたりぐらいなので」

「そうか……スキルレベル上げてワンチャンか」

「もうすぐ60になるので、何かしら覚えるでしょう」

物足りない感はありますが、弄れないので仕方ありません。

ダンテルさんのお店を出まして、お昼にしましょうか。14時頃になにかありそうですからね。


お昼を済まし、少し体を動かしてからログイン。

14時20分頃ですか。もう少しありますね。狩りをするにはあれですし……生産でもしますかね？

おや、エルツさんから連絡ですか。

「はい、こちら王家です」

『おう、姫様。少し手伝って欲しいことがあるんだが』

「なんでしょう？」

『聖水を用意できないか？』

「聖水ですか。あれならすぐできますね」

『買い取るから今から頼めるか？』

「構いませんよ。ではできたら持っていきますので」

『すまん。頼む』

では早速作りに帰りますか。

追憶の水と清浄の土を用意して、土で水を濾過《ろか》し、お祈りします。これだけで簡易聖水ができるので、とても楽です。

まあ、スキルを使用していないので、経験値入らないんですけど。ベースの経験値もかなり低いですし、美味しくはありませんね。作成条件が聖職者なので、売れるという意味では美味しいですかね。一応入手法が限られているので。

そこそこ作ってからエルツさんのところへ向かいます。

お店にやってきましたが、エルツさんは……作業場ですかね。雇われた住人の店員さんに奥へ通されました。

扉を開けるとカンカンと音が聞こえてきたので、絶賛生産中ですか。

中へ入ると作業中のエルツさんと、知らない男性もいますね。魔法職の……聖職者ですかね？

「お、来たか！　悪いな」

「聖水を作るのは楽なので、構いませんよ」

「じゃあ早速試してみるとするか」

「何をするんです？」

「聖水と聖火を使って剣を打ってみるだけだ」

「なるほど。ではそちらの方は聖火要員ですね？」

「私の聖水では少々品質が低くて」

格好からしてそうだと思いましたが、やはり聖職者でしたか。

聞いた感じ聖水にも蘇生薬《そせいやく》と同じボーナスがありそうですね。職業に祝福系称号、下手したら種族もですか。聖水はS＋ができるので、種族も入ってそうな気がするんですよね。

それはそうと、検証が始まりました。

浸ける水は聖水、熱するのは聖火を使用して剣を打ちます。

「一番良いのはインゴの加工から聖火を使い、そのまま武器にすることか」

「ベースは銀が良さそうか。武器ということを考えると魔銀一択？」

「そうなりそうだな。効果は予想通りアンデッド特効だな」

アンデッド特効は種族で、更に属性に対する特効ですか。種族特効は効果が大きいでしょうが、幅が広くなる分属性特効はおまけ程度な気がしますね。

「浄化の銀剣。浄化シリーズねぇ」

「若干光ってる？」

「淡く光ってるようですね。エフェクトありですか」

ゲームで強化すると光っていくのは定番ですが、浄化シリーズ固有エフェクトですかね。

「浄化という名前ですが、浄化効果じゃなくてアンデッド特効。浄化耐性は効果なさそうですね」

「ああ、そんな感じするな。また誰かに渡して検証させっかな」

さて、そろそろ種族クエストが云々の時間になりそうなのですが……どうでしょうね？

「魔力炉もう1個買って、こっちの聖火はそのままにしておくべきか……？」

「維持費は？」

「そこが問題か。燃料は魔石だが……」

2人は聖火に関して話していますね。

炉に入れた聖火を燃料……魔力を切らさずに燃やし続けることで維持する。そうすれば作るたびに呼ばれることはないと。

聖水はアイテムなので私から買えば済む話ですが、聖火は魔法ですからね。

特にマイナス効果がないなら、炉を増やさずに全部聖火で良い気もします。

「そう言えば、聖火で作った魔銀に光の宝石を混ぜ、聖火と聖水で打つとどうなるんでしょうね」

「む、確かに気になるな」

聖火で作ったミスリルインゴットがないとどうしようもないので、試作分を受け取っておきます。

実際に試すのはもう少し後になるでしょうけど。

〈我が神子《みこ》よ、外なるものとしての仕事です〉

お、ステルーラ様のボイス付きだ。

〈神々が命じます。我々の管轄に幾度も手を出した愚か者に救いなどない。魂滅《こんめつ》の執行を〉

他プレイヤーが関わっているため、受けない場合は他の住人に回されます……ですか。

他プレイヤーが関わっているから、時間が止まったりとかはしないわけですね。よくあるクエスト受けたままであっちこっち寄り道はできないぞと。

だからこその事前通知でしょうか。

クロニクルクエストの種族。しかも発生条件がクロニクルギルドクエストからの派生になっていますね。セシルさんのところでしょうか。

勿論受けますよ。『御心のままに』ですとも。せっかく発生したクロニクルクエストを断るなんてそんなそんな。


『断罪』

禁忌である魂に幾度となく手を出し、神々より魂滅の許可が下った。

《消去する灼熱の鎖《アフォーゴモン》》を使用して化身を呼び出し、対象を魂ごと焼き尽くそう。

依頼者：ステルーラ

「ではクエスト行ってきますね」

「おうよ」

２人に挨拶して離宮へ戻り、今一度服装チェックをしてから、クエストＵＩで対象のいる場所へ転移門を開きます。

転移門を潜るとそこは……裁判所ですかね。いる人を第一印象で分けるとしたら裁判長、貴族、文官、騎士、冒険者、罪人でしょう。

中央に牢《ろう》のような柵があり、男性が1人。それを囲うように騎士が並び、更に冒険者が少し離れたところに。

一番高いところに裁判長がいて、少し下に貴族達、そして文官達と段々に並んで座っています。

そんな会場ですが、突然私が来たことにざわついていますね。騎士達なんて剣を抜けるよう柄《つか》に手を置いてます。騎士としては当然の行動なので、そこには触れません。

それよりも、冒険者組の中にセシルさんがいるんですよ。

「ああ、やっぱり姫様の転移門か。まだ呼んでないけど、来たんだね」

「ごきげんようセシルさん。少々別口から入ったのですが、やっぱりセシルさんのところと繋《つな》がっていましたか。それが罪人ですね。まだ途中ですか？」

「まだ始まって少しってところだね」

「では終わるまで待たせてもらいますね。私もそれに用があるので」

人の世界のあれこれが終わってからで良いですよね。記録だなんだと残さないといけないでしょうから、それが終わったらさよならしましょ。

「俺に決定権はないけど、まあ良いんじゃない？　帝国側も拒まないでしょ。というか、拒めないないでしょ……」

「拒まれてもこちらの用事は済ませますけどね」

はいそうですか……と、何もせずに出ていくわけがなく。当然神からのクエストが最優先ですよ。

私というか、このキャラにとっての最上位はステルーラ様。全ての立場で、女神ステルーラが主であり、優先されることですからね。

というか今回のは魂滅です。魂滅はステルーラ様だけでなく、4柱で決めるみたいなんですよね。クエストにも神々と書かれていますし。

それはそうと、私はセシルさんの方へ寄ります。ディナイト帝国側の処理を待ちましょう。クロニクルの一覧に載るでしょうから、ＲＰ時ですね！

「構わない。続けよう」

「継続する。続きを」

40代後半の貴族……恐らく公爵や侯爵クラスでしょう。しっかりとした低い声が響き、ざわついていたのが静かになりました。

目配せした裁判長も続いたことで、文官が動き始め、騎士達も柄から手を離して待機モードに。裁判長も同年代っぽいですね。

あの２人、私が来た時に驚いてはいましたが、すぐに戻りました。私の情報を得ているのでしょう。少なくとも教会ではしっかり情報共有がされていたので、貴族……しかも上の方なら問違いなく知っているはずです。

あの人も少し気になりますね……話が進む中、少しセシルさんと話しましょうか。

「セシルさん、裁判長とその近くに座っている威厳のある男性、誰か知りません？」

「最初に自己紹介されたよ。裁判長がアルトゥール・ログノフ侯爵。貴族代表がベルナルト・グラーニン公爵」

「では、あの仕立ての良いローブで、杖《つえ》を持った男性は？」

「俺らの依頼主だよ。エミリアーノ・カレスティア魔法伯」

教えてもらったことで、《識別》の情報に名前が載りましたね。公爵と魔法伯は貴族席の中では他に比べレベルが高い。ここにいる騎士達と同等。しかも席の上の方と同じなので、気になったんですよ。魔法伯は私が来た時、騎士達の動きに近かった。

この3人が特に周りと違ったので、気になりました。しかしグラーニン公爵ですか。恐らくラーナの子孫ですね……。名前だけ残して……の場合もありえますが。

「――年前、小さな村の襲撃と生贄《いけにえ》を使用した儀式。禁術の【キメラ創造】。孤児や行商人を使用した人体実験。そして先日の保護地域の水晶の森で、生贄を使用した儀式未遂。更に――」

魂がどす黒いだけはある罪状ですね。

……村の襲撃。なるほど、リーザから聞いた特徴に似ていますね。仇《かたき》の可能性がとても高い。良い報告ができそうです。

「これら報告書はお手元に」

セシルさんも関係者なので貰《もら》っているようですね。開始時に配られたのでしょう。見せてもらいます。

村……村……これか。当時の報告書……風のバックボーン解説ですか、良いですね。私にとって重要な部分はっと。

『生贄にされていた少女、リーゼロッテを救出。彼女以外は間に合わず。儀式の影響は現在不明。本人の強くなりたいという希望を酌み、基礎訓練をしながら少し様子を見る』

強くなるお手伝いを騎士がする……のを餌に、儀式の影響を調べたわけですね。リーザは騎士に教えてもらえる。騎士達は自分達が助けた子の様子が分かる。国としては情報が手に入る……と、損する者がいない。

『魂に食い込んでいるため、教会でも解呪《かいじゅ》できず。居合わせた聖女2位、ミラ・リリエンソール嬢による解呪も失敗。現状打つ手なし』

聖女2位というと、ハーヴェンシス様の加護持ちですか。ミラ・リリエンソールさんね。覚えておきましょう。

呪いによる影響なんかも纏めてありますね……。

『リーゼロッテ嬢は冒険者組合で見てもらうことに。どうやら度々、ミラ・リリエンソール嬢が解呪に挑戦している模様。我々騎士の役目はここで終了とする。願わくば、彼女の行く末に幸あらんことを』

リーザはまあ……冥府軍で元気にしていますよ。そう言えば、村の人達とは会えたのでしょうか。小さな村とは言ってたので、会えてる気がします。1人だけ来ていないリーザのことは気がかりだったはずなので、少なくとも親は残っているはず。

今回の報告ついでに聞いてみましょうかね？　ラーナが何かしらしていると思いますけど。

「この儀式の詳細が不十分だな……。魔法伯、そなたでも？」

「少なくともうちにはありませんな。目処《めど》は付いてますが、陛下の許可が必要に」

「城の禁書区画か。そなたでも陛下の許可となると……」

「ええ、区画の奥に」

儀式の報告書は……ああ、プレイヤーには見えないようですね。

［イベント］　儀式の報告書

儀式の内容は確かに書かれているが、書いた人の理解度が低いのだろう。情報の取捨選択ができない状態なので、とりあえずあったものが全て書き記された報告書。とても見づらいが……逆に言えば全て書かれているので、分かる者が見れば分かるだろう。そういう意味では、この報告書を書いた者は優秀と言える……が、この内容が分かる者が地上にどれほどいるものか。

とまあ、イベントアイテム扱いで文章が書いてあるわけではありませんね。

……と思いきや、栞《しおり》が浮いてきて本になりペラペラし始めました。ある程度捲《めく》られると止まり、ポップアップで古き鍵の書が情報を出してくれます。

「彼らが身に付けていたマークと同じマークが表紙に書かれた本も、押収してあります。中は見たことない文字でしたが……不気味でした」

「文字が分からないのにか？」

「ええ……こう、見てはいけない物を見ているというか、不安になるのです。こちらになります」

文官の持っている本は黒い表紙で薄く、リーザからも聞いた彼らが身に付けていたマーク……イエローサインが表紙に浮き上がっています。

古き鍵の書によって、その本にポップアップが表示されました。

黄衣《おうい》の王
美しくも恐ろしい言葉で埋め尽くされた、詩劇本。
読む者も、演ずる者も、聴衆も、少しずつ狂気へと誘《いざな》う。

黄衣の王
ハスターの化身。

ハスターの化身を指す『黄衣の王』と、詩劇本の『黄衣の王』があると。

内容はそもそも読めないでしょうし……そうなると、《古代神語学》の資料として使用していた可能性が高いですね。明らかなミスチョイスですけど。

イエローサイン
ハスター関連に記される、狂気と邪悪を意識下に収束させる紋章。
健康な者が見ても特に影響はなく、不快感を覚えるぐらいだろう。
精神の不安定な者が見ると、悪夢を見るようになる。

本の表紙になっているので、調査の人達は全員見てそうですね……。

精神依存ですか。私は主力ステータスなので高いですが、聖職者以外あまり上げる人いないんですよね……。

とりあえず、魔法伯が見ようとしているので、見るのはやめさせるべきですね。

「見ない方が良いですよ。禁書区画とやらに封印することを推奨します」

「……この本が何かご存知で？」

「簡単に言ってしまえば、外なるものに関連する本ですよ」

「これが……」

「私は止めましたよ。私の与《あずか》り知らぬところで見て、狂おうが知りませんので」

外なるものに関しては、いまいち設定が分かりませんね。そもそも善や悪など、そんなことに当てはめて考えるだけ無駄でしょうか。

いや、本人達からしたらただの娯楽本でも、人類からすると悪影響がある可能性もありますね。

全員カンストしてるので、基礎ステータスぶっちぎってるでしょう。この場合……それこそ善や悪など関係ありませんね。強いて言うなら管理責任ぐらいですか？

その場その場で対処するしかありませんかね……。

裁判長と公爵、そして魔法伯がどうするか話し終えたようですね。

「全く情報がないというのも、それはそれで困る。何か記録にできる情報を頂けないだろうか？」

「そうですね……。まずその本は『黄衣の王』という名前で、表紙のそのマークはイエローサインと呼ばれる物ですね。黄衣の王とは外なるもの、ハスターの化身」

古き鍵の書が教えてくれたことを軽く教えておきます。

「それで狂ったか、元々かは知りませんけど」

「……調査員達に影響が出ていないだろうな？」

「悪夢を見ていないか、確認しておきます」

「あまり近くに置いておきたくはないが、どうしたものか……」

「禁書区画の奥に封印してもらうしかないのでは？」

「こちらで回収しても構いませんよ。本人に返しますので」

更に相談した結果、私預かりに。イベントアイテムとしてインベントリに。後でハスターに返しに行きましょう。

基本的には裁判長と文官が話を進めていき、公爵が質問。魔法伯は犯人を捕まえた際の責任者なので、その時の報告などの証言。セシルさん達冒険者も捕まえるのに協力したのでここにいるようですね。

他にも貴族はいますが、基本的には聞いているだけ。特に問題がないので黙っているのでしょう。

騎士達は常に全体を見て、護衛に専念しています。貴族達の護衛は勿論、犯人の逃亡、冒険者達の暴走、突然来た私などなど、気にするところは色々あります。

「以上です」

話が進んでいき、色々報告をしていた文官が下がりました。

「何か言い分は？」

「ふんっ。なぜ私が裁かれるのだ。少ない犠牲でその他大勢が助けられるのだぞ？　貴様らとてよくやるではないか」

「我々も国を背負う者だ。綺麗事では回らないことなど百も承知。だが……守るべきものを見誤るつもりはない。国とは民だ」

「何が違う！　殺すための、戦うための力だ！　生物を対象としたデータが不可欠なのだ！　騎士も冒険者も！　他の生物を殺すだろう！　なぜ私を否定する！　力で大きくなったこの国が！」

問題の対処のため、最小限の犠牲のみで片付ける貴族。

問題に備え、事前に準備をしておく研究者。

「お前の言い分は分からなくもない。分からなくもないが、それを許すわけにはいかんのだ」

「『国のため、未来のために、尊い犠牲になってもらった』という言い分を通すわけにはいかん」

大体の言い分に使えてしまうため、許すはずはないですね。

それを抜きにしても罪状が罪状。死刑一択ですね。

実際に死刑の判断がされました。

「その愛国心は覚えておこう。だが、許すわけにはいかない」

「私の頭脳が失われたこと、いつか後悔する時が来るぞ……！」

「心配するな。我々がなんとかしてみせるさ」

「連れていけ」

おっと、連れていかれては困ります。

「ああ、待ってもらえますか。こちらの用が済んでいません」

「そう言えば何をしにこちらへ……」

セシルさん達のいる冒険者グループから離れ、犯人の前に移動。

さて、ＲＰ本番です。雰囲気や声色を少し変えましょう。

犯人へ向かって手を伸ばし、アサメイを呼び光剣を伸ばします。

「我が名はアナスタシア・アトロポス・ネメセイア。外なるものにして、幽世《かくりよ》の支配者。これより女神ステルーラの命により、魂滅を執行する」

「こん……めつ……」

今更顔色を変えたところで、もう遅いのです。既に審判は下されています。

セシルさん達プレイヤー以外が息を呑《の》みました。裁判長や公爵、魔法伯までもが。この世界において魂滅というのはそのレベルなのです。

「慈愛の女神にすら見放された哀れな子羊よ。ステルーラ様の管轄である魂に幾度も手を出した代償……死すら生温い業火をその身で受けなさい」

「い、嫌だ！　そんなはずは……！」

「神の御業を今ここに……《消去する灼熱の鎖《アフォーゴモン》》」

「待っ……」

演出どうなるんだろうと思ってましたが、対象が消えました。


〈よくやりました〉


クエストが完了しましたね。

「彼はどこへ……」

今頃ドリームランドでしょうか。ドリームランドがあるか知りませんが、異界にいるのは間違いないでしょう。

巨大な石の椅子に、裸で鎖に囚われる……。時間の支配者であるアフォーゴモンが来るのを、永劫《えいごう》の間座って待ち……来たら来たで鎖が白熱し、焼き殺されてなお、魂が囚われ続ける。

終わりない尋問と苦痛を味わいながら、消滅することでしょう。

ふと、彼がいたところに体が返ってきました。

肉は焼かれていますが、不自然な程に服は着ていたまま。

「では、体の後処理は任せます」

「彼は……時の神に囚われたのか……？」

「ええ」

「愚かな……哀れな者よ……」

公爵が哀れんでますね。恐らく愛国心は本物だったのでしょう。やり方を間違えまくっただけで。そのやり方が、大問題だったのですけどね。

TRPGではアフォーゴモンに捕まると、存在そのものが消されます。記憶や記録までもが。つまり、そんな人間は存在しなかった……という描写ですね。

それに比べれば、まだマシでしょうか？　これはこれで、神々の逆鱗《げきりん》に触れた愚か者……という記録が残りそうですけど、焼かれてる本人からすれば些細《ささい》なことか。

「……これにて、閉廷とする。今見たことを心に刻み、忘れぬよう……切に願う」

裁判長の言葉を最後に、騎士達によって遺体が運ばれていきました。

おっと、そうだ。

「裁判長。今回のこととは別件で、ネメセイアとしてお話があります。……悪いことではありませんので、そう身構えずに」

済んだと思ったところで悪いんですけどね、一応まだ用があるんですよ。

「そちらの方も、聞いていかれますか？」

「よろしいのですか？」

「構いませんよ。代表して裁判長に預けるだけで、国に関係もありますからね」

公爵と魔法伯も巻き込みましょう。

「以前、裁定者の召喚が行われていたはずですが、現状どうなっていますか？」

「ああ、それでしたら。愚……んん。勢力争いの際に紛失してしまいまして」

「……その辺りには触れないでおきましょうか。これを渡しておきます」

「これは……感謝します、ネメセイア陛下」

「ではこれで失礼しますね」

セシルさんにも挨拶しまして、転移で離宮へ戻ります。


そして今度は深淵《しんえん》へ。

さっさと本を返してしまいましょう。

さて、問題は……ハスターどこでしょう。確かアルデバランが云々だったはずですが……個別エリアとしてあるんですかね？

あ、ワンワン王！　いつも良いところに！

「どうした」

「良いところへ。これを返したいのですが、ハスターはどこに？」

「それは……奴が探していたが、やはり現世に落ちていたか。呼んでこよう」

ワンワン王が消えたので、呼んできてくれるのでしょう。

それより、現世に落ちていた……ですか。異界から異界に落ちることがあるんですかね。他のクトゥルフ関連アイテムもありそうですね……。

ティンダロスの王と一緒にやってきたのは、黄色い布で全身を覆い、蒼白《そうはく》の仮面を付けたハスターの化身……本と同じタイトルの黄衣の王でした。

ハスターの化身として有名な姿ですね。

「ごきげんよう、ハスター。これお返ししますよ」

「おー、確かに」

地面にまで届く長いローブ状の黄色い布。そこから無数の触手が出ており、その1本で本を受け取りました。

ハスター、もしかして若い感じですか？　まさかの少年……いや、青年ですかね。

「現世に落ちてたか。探しても見つからないわけだ」

「その本、確か人類には害あるだろ。気をつけろよ」

「勝手になくなるんだからどうしようもないね」

「まあそうなんだが、なるべく安定してるところに置けよ」

「善処するよ」

その返しはダメなやつですね。考えとくよってレベルですよ。

「まあ、以後よろしく」

「よろしくお願いしますね」

ハスターへの返却も終わりましたし、帰りましょうか。

さて……狩りか。いや、先にエルツさん用の生産を済ませますかね。それから狩りをしましょう。

ではミゼーアとハスター、また後ほど。

■公式掲示板3

【煩悩全開】総合攻略スレ　112【ネトゲーマー!】

1. 通りすがりの攻略者
　ここは総合攻略スレです。
　攻略に関する事を書き込みましょう。
　前スレ：http://＊＊＊＊＊＊＊＊＊
　>>940　次スレお願いします。

42. 通りすがりの攻略者
　世界が広がってまいりました。

43. 通りすがりの攻略者
　ファンタジーしてきました。

44. 通りすがりの攻略者
　今国って何個分かってんの?

45. 通りすがりの攻略者
さて、何個だろうな？
46. 通りすがりの攻略者
中央：始まりの町がある、マルカラント公国。
北東：ドワーフの国、クラダール王国。
北西：エルフの国、ティアレン魔導国。
東：教会本部がある、ネアレンス王国。
西：特に言うことはない、クリクストン王国。
大陸の間の海の中、水棲《すいせい》系スタート地点、海底都市アトランティス。
大陸の間の海の上、妖精の国、ティル・ナ・ノーグ。
南の大陸：最初に訪れる、ディナイト帝国。
浮遊大陸：天使と悪魔の国、天国と魔国
47. 通りすがりの攻略者
10個か。
48. 通りすがりの攻略者
地上の国という事で、冥府や奈落、深淵《しんえん》は入れてないぞ。
49. 通りすがりの攻略者
そもそもそれらは国と言って良いのか？

50. 通りすがりの攻略者
まあ……良いんじゃね？　冥府も深淵も宰相がいるようだし。
51. 通りすがりの攻略者
ぶっちゃけ規模は国レベルだ。俺達が死に戻りで行く範囲は狭いがな。
52. 通りすがりの攻略者
冥府を散歩してみたって動画があったな。馬鹿みたいに広かったわ。
53. 通りすがりの攻略者
そんな動画あるのか。
54. 通りすがりの攻略者
地上の人の魂が集まるわけだから、さもありなん。
55. 通りすがりの攻略者
更新されたセシルの兄貴のクロニクルが長い件。
56. 通りすがりの攻略者
俺も見てるけど、シークバーがおかしいよな。ようやく半分ぐらいだ。
57. 通りすがりの攻略者
セシルさんは兄貴ってキャラじゃないでしょ！
58. 通りすがりの攻略者
そこ？

59. 通りすがりの攻略者
じゃあなんだよ。
60. 通りすがりの攻略者
そうだなぁ……騎士様……騎士様……。
61. 通りすがりの攻略者
騎士は騎士でも理想像の方だよね。泥臭くないというか。
62. 通りすがりの攻略者
分かるー。
63. 通りすがりの攻略者
ファンタジー騎士じゃなくて、間違いなく乙女ゲー出身。
64. 通りすがりの攻略者
それは草。
65. 通りすがりの攻略者
つまり……お兄様ですね！
66. 通りすがりの攻略者
セシルお兄様爆誕。
67. 通りすがりの攻略者
兄貴はルゼバラム兄貴だからな。

68. 通りすがりの攻略者
素敵な騎士様！　の皮を被った腹黒キャラでしょ知ってる。

69. 通りすがりの攻略者
いるなそういうキャラ。

70. 通りすがりの攻略者
ありあり！

71. 通りすがりの攻略者
それはそれで良いから！

72. 通りすがりの攻略者
騎士の身分って一応貴族だけど、一番下だったよな。

73. 通りすがりの攻略者
この世界だともっとシンプルっぽいぞ？

74. 通りすがりの攻略者
あ、そうなん？

75. 通りすがりの攻略者
ぶっちゃけ軍人。貴族ではないけど、一般よりは偉い。

76. 通りすがりの攻略者
メイドさんとかと同じで、貴族からは呼び捨て？

77. 通りすがりの攻略者
そうなるな。ただ、隊長クラスとかになると貴族の子供だったりで、ややこしくなる。近衛《このえ》は確実に貴族の三男とからしいし。
78. 通りすがりの攻略者
そうなってくると身分社会は厄介よなー。
79. 通りすがりの攻略者
セシルさん魔法伯の護衛してんのか！
80. 通りすがりの攻略者
魔法伯！
81. 通りすがりの攻略者
代々優秀な魔法使いを……いや、最大ＭＰが高い可能性もあるか。
82. 通りすがりの攻略者
という事は騎士の家系みたいなところもあるな？
83. セシル
武闘伯……という伯爵家があるらしいよ。
84. 通りすがりの攻略者
セシルお兄様！
85. セシル

いや……まあ、何も言うまい……。

そのクロニクルだけど、衝撃のラストだったよ。俺達の見せ場は終わった後で、結末を見届ける的な状態だったんだけどね……。ぜひ最後まで見て。

86. 通りすがりの攻略者

セシルお兄様呼びが許されたぞ。

87. 通りすがりの攻略者

許されたと言うか、目を逸らされたというか。

88. 通りすがりの攻略者

王都から領地への護衛から領地の防衛に変わって、大捕物か。

89. 通りすがりの攻略者

聞き込みに水晶の森へ調査潜入！

90. 通りすがりの攻略者

こいつ何をして追われてんの？　罪状は？

91. セシル

捕まえた後が裁判だからその時に分かるけど、国から指名手配されててね。罪状は大逆罪。国家反逆罪って言えば伝わりやすいかな？

92. 通りすがりの攻略者

それ、一番重いやつじゃん。王族でも狙ったのか？

93. セシル

詳しくは後半の裁判で分かるよ。この世界特有の項目に引っかかってる。

94. 通りすがりの攻略者

ほう……シークバー的にもうすぐだな。

95. 通りすがりの攻略者

お、法廷来た。貴族達の顔は覚えておかねばな！

96. 通りすがりの攻略者

肝心の爵位と名前が分からねー……と思ったら、自己紹介してくれたわ。

97. 通りすがりの攻略者

裁判長がアルトゥール・ログノフ侯爵。貴族代表がベルナルト・グラーニン公爵。
証人としてエミリアーノ・カレスティア魔法伯。その他名無し貴族。

98. 通りすがりの攻略者

グラーニン……んー……？　なんか聞き覚えがあるな？

99. 通りすがりの攻略者

イベントの狩り物でショゴスと殺りあってた姫様の師匠だろ……。

100. 通りすがりの攻略者

ああ！　じゃあパパンか！

101. 通りすがりの攻略者

そうそ……じゃねーよ！

102. 通りすがりの攻略者
むしろママン。

103. 通りすがりの攻略者
英霊だから師匠の方が歳上な。あの人の血統ってこった。何代目か知らんけど……。

104. 通りすがりの攻略者
あれ、姫様じゃん。

105. 通りすがりの攻略者
姫様来たな？

106. 通りすがりの攻略者
お、なんか嫌な予感してきた！

107. 通りすがりの攻略者
裁判所に姫様出現？　あっ……じゃあの。

108. 通りすがりの攻略者
貴族の名無し組はともかく、紹介あった組は正体分かってる？

109. 通りすがりの攻略者
公爵に侯爵、そして魔法伯だからなぁ。情報収集は確実にしてるだろ。

110. 通りすがりの攻略者

むしろしてなかったら無能言われちゃう立場でしょ。

111. 通りすがりの攻略者

挙げられた犯罪が半端ねぇ件について。

112. 通りすがりの攻略者

へぇ……なるほど。王家を狙ったり国璽《こくじ》の偽造じゃなくて、魂に手を出して反逆者。

113. 通りすがりの攻略者

しかも村1個潰してるとかぱねぇな。

114. 通りすがりの攻略者

斬首刑か。この時代にしてはマシだな？

115. セシル

魔法伯に聞いたけど、どの国も死刑が決まったら斬首刑らしいよ。それでさっさと魂を不死者達に引き渡すんだってさ。

116. 通りすがりの攻略者

なるほ……ん？　姫様が動いた。

117. 通りすがりの攻略者

お？　oh……

118. 通りすがりの攻略者

姫様かっこい……アフォーゴモン!?　ヨグ＝ソトースの化身じゃん！

119. 通りすがりの攻略者
犯人消えた！

120. 通りすがりの攻略者
アフォーゴモンの被害者描写は確か……焼けた死体が帰ってくる？

121. 通りすがりの攻略者
……帰ってきたな。

122. 通りすがりの攻略者
全裸で囚われるから服は無事なんだっけか……。

123. 通りすがりの攻略者
記憶が消されるまでは行かないんだな？

124. セシル
姫様おる？　地味に気になってる事あるんだけど。

125. 通りすがりの攻略者
外なるもの半端なす……。

126. 通りすがりの攻略者
姫様ノリノリでしたね。流石ＲＰ勢。

127. 通りすがりの攻略者
住人リアルだったな……俺には無理ぽ……。

128. 通りすがりの攻略者
それな……。よーできたな姫様……。
129. アナスタシア
まあ、ゲームですからね。ステルーラ様からのクエストで滅せよ！　って言われてしまいましたので。ところで、呼びましたかセシルさん。
130. セシル
やあ姫様！　裁判中に見たあの調査書。リーゼロッテって名前出てたけど、あれって姫様のスキルの子だよね？
131. アナスタシア
そうですよ。リジィですね。仇《かたき》は討ったと伝えておきました。ついでにちゃんと村の人とは冥府で会えたそうなので。
132. セシル
そっかそっか。それは何よりだね。これがバックストーリーだったわけだ。
133. 通りすがりの攻略者
繋《つな》がってる可能性もあるのか。
134. 通りすがりの攻略者
バックストーリーがこれって事は、結構重い設定なんだ？
135. アナスタシア

簡単に纏《まと》めると、生まれた村が魂滅された犯人に潰され、自身は魂ごと生贄《いけにえ》にされかけたところで騎士団に助けられた。

でも儀式は始まっていた事で呪いとして魂に残り、呪いに体を乗っ取られないように精神力で抑え込んだ。

その呪いの影響で体の成長は当時のまま止まっているが、騎士に助けられたように、誰かを助ける為に冒険者となった。

しかし魂に関連付くだけあって呪いは強力で、精神にも限界が来た。そしてある日、呪いへの抵抗で余裕がなくなり、魔物に殺され、その結果主導権が呪いに移った。

そのリジィを止めろ……というスキルクエストでしたね。

136. 通りすがりの攻略者
ずっしり重いやんけ。

137. 通りすがりの攻略者
防衛戦で両手斧《おの》ぶん回してた子だよね？

138. アナスタシア
そうですよ。クエストは相性良かったからクリアできましたが、スケさんならお手上げ……という話をしましたね。

スキルには『遺体』が必要なので、体を一切傷つけずに勝つ必要がありました。リジィの生前の知り合いである住人の冒険者が仲間。

呪いに主導権が移ったとは言え、リジィの生前は68レベ。一応弱体化イベントもありましたけど、鬼でしたね。

139.通りすがりの攻略者
　格上過ぎて草。どうクリアしたん？

140.アナスタシア
　リジィの知り合いである住人の冒険者が戦って止めてる間に観察しまして。

　それで種族的に魂に呪いが付いてるのは分かったので、冒険者に呼ばれて来ていた聖職者に、増援を呼んでもらいました。

　それから開幕で冒険者達にリジィの動きを止めてもらい、スキルで体から魂を分離。魂から呪いを言葉通り斬り離し、手出しできなかった冒険者達と呪いそのものをボコボコにして、やってきた聖職者達が一斉射撃で浄化しました。

141.セシル
　魂に干渉できる姫様の種族だからこその攻略法だったわけだね。

　スケさんじゃ別の方法を考える必要があったと。

142.アナスタシア
　恐らくですが……助けるだけなら教会に誘導すれば、立像により浄化されるはずです。体は残らないでしょうから、スキルクエストとしては失敗ですけどね。

　で、奈落を確認させたところ1人いないとのことで、探してはいたのですが……セシルさんのクロニクルでご対面。
143. セシル
あれも動機自体は悪くないんだろうけどね……。手段がねぇ……。
144. アナスタシア
愛国心からの行動と言えますが、ネジが無かったのでしょう。

どうしても後手に回る貴族達に比べて、研究者と言える彼は先手を打っていた。

たとえるならそうですね……。

疫病が広がってから慌てて対処を始める貴族に対して、彼は将来起きるであろう疫病に備えるため、予め孤児などを利用して人体実験を始めた。
145. 通りすがりの攻略者
あー……なるほどね……。
そうだな……事件が起きてから動く……いや、事件が起こってからじゃないと動けない警察が
……貴族か。
146. アナスタシア
そうですね。恐らく彼のやり方の方が犠牲は少なくなるのかもしれません。しれませんが……それを許してしまうと国が崩壊する。

法が意味をなさなくなるから許すわけにはいかない……と言うのが今回の事件かと。
147. 通りすがりの攻略者

なんつーもん作りやがるかね⁉

148.通りすがりの攻略者
分かりやすく悪です！　にしとけばいいものを！

149.通りすがりの攻略者
そして姫様はそれを容赦なくプチっとしたと……。

150.アナスタシア
私からしたらどうでもいいですからね。私は聖女ではなく執行人。ステルーラ様に殺《や》れと言われたら殺りますよ。なんたって神からのクエストですからね！

こちらの私は外なるもので、幽世《かくりよ》の支配者で、ステルーラ様の信仰者。どの立場においても、女神ステルーラこそが絶対の主！　……というキャラで行こうと思いますので。

151.通りすがりの攻略者
あ、はい。ＲＰ勢しゅごい。……神からのクエストっていう欲漏れてるけど。

152.通りすがりの攻略者
プレイヤー故、致し方なし。……楽しんでるよな、ＲＰ勢。

153.通りすがりの攻略者
ＲＰ勢は差がひでぇんだ。かっこいいのもいれば、モヒカンみたいなのもな……。

154.モヒカン
ギャハハハ！　呼んだかぁ？　兄弟！

155.通りすがりの攻略者
お呼びじゃねぇよ！

156.モヒカン
ヒヒヒ、残念だぁ！　遠慮なく呼べよなぁ兄弟！

157.通りすがりの攻略者
良い奴で草。

158.通りすがりの攻略者
見た目で損するタイプ筆頭だからな。

159.通りすがりの攻略者
ＲＰといえば、姫様が骨に運ばれてるのを見た。マジ闇系統。

160.通りすがりの攻略者
私も見たなー。確実にＢＧＭはダークファンタジー系だね。

161.通りすがりの攻略者
通常時は静かだけど、戦闘入った瞬間嘘《うそ》のように激しくなるんでしょ。

162.通りすがりの攻略者
敵対した瞬間に雰囲気変わって、同時にＢＧＭ変わっちゃうタイプな。

163.通りすがりの攻略者
大丈夫？　処刑用ＢＧＭじゃない？

164. 通りすがりの攻略者
アフォーゴモンは嫌だ……アフォーゴモンは嫌だ……。
165. 通りすがりの攻略者
誰でも嫌だと思うんですよ。
166. 通りすがりの攻略者
アザトース！
167. 通りすがりの攻略者
もう死ぬしか無いじゃない。
168. アナスタシア
そう言えば、シアエガと黄衣《おうい》の王とお会いしましたよ。
169. 通りすがりの攻略者
……ガタッ！
170. 通りすがりの攻略者
座ってろ狂信者。
171. 通りすがりの攻略者
スッ……ガタッ！
172. 通りすがりの攻略者
座ってろってんだよ！

173. 通りすがりの攻略者
ダッ！
174. 通りすがりの攻略者
うわ逃げろ！
175. 通りすがりの攻略者
仲良いなお前ら。
176. 通りすがりの攻略者
狂信者と仲良いとか、こいつも狂信者なのでは？
177. 通りすがりの攻略者
ご冗談を。ディメンションシャンブラーの響きが好きです。日本語はダサい。
178. 通りすがりの攻略者
くうきさんか。
179. 通りすがりの攻略者
空気さん草。
180. 通りすがりの攻略者
漢字は空鬼だけどな。
181. 通りすがりの攻略者
いあ　いあ　はすたあ！　はすたー！　ふううう！

182. 通りすがりの攻略者
誰かこの狂信者なんとかしろ。
183. 運営
呼んだ?
184. 通りすがりの攻略者
いや草。
185. 通りすがりの攻略者
お前が来んのか……。
186. 通りすがりの攻略者
ぷるぷる……僕悪い狂信者じゃないよ?
187. 通りすがりの攻略者
悪い信者だから狂が付くと思うんですよ。
188. 通りすがりの攻略者
それな。
189. 通りすがりの攻略者
あーあ、皆魅せられれば良いのに。
190. 通りすがりの攻略者
ヤバそう。

191. 通りすがりの攻略者
ヤバそうじゃなくて、ヤバイんだよなぁ。
192. 通りすがりの攻略者
夢見る狂信者。
193. 通りすがりの攻略者
クトゥルフ系は夢に干渉してくる奴結構いるから、洒落《しゃれ》ならんすわ……。
194. 通りすがりの攻略者
たかし起きなさい！　睡眠薬を飲む時間よ！
195. 通りすがりの攻略者
ド畜生！
196. 通りすがりの攻略者
夢は追いかける物だって？　ふふ……向こうからもやってくるよ……ほら……。
197. 通りすがりの攻略者
再び夢に堕ちたたかし君。その横に佇《たたず》むお母さんの口元が、怪しく三日月を描く。
198. 通りすがりの攻略者
たかし君でホラー展開やめろ。
199. 通りすがりの攻略者
シアエガって目玉のあれか。いろんなゲームで見るな。

200. アナスタシア
単眼で浮いてるあれですからね。ただ、こっちのシアエガは触手でした。
201. 通りすがりの攻略者
ああ、うん。クトゥルフ神話にいる系はそっち寄りなんですかね……。
202. アナスタシア
後は悪魔の空間系で歪魔《わいま》の子と帝国で会いましたね。
203. 通りすがりの攻略者
歪魔⁉
204. 通りすがりの攻略者
あれ、でも悪魔って光と闇の属性反転だから空間は……。
205. 通りすがりの攻略者
抜け道があるぞって事なんじゃろな。

05　VSフェアエレン

　ふーむ……。セシルさんがやっていたクロニクルがリストに登録されてますね。つまり運営の想定した最高の結果で終わったわけで。魂滅《こんめつ》は決定事項か。

　私以外の外なるものだった場合、帝国側の裁判関係なく消して去ってそうですね。誰かにもよるでしょうが……。ワンワン王以外は望み薄か。しかしワンワン王クラスがそうそう来るとは思えない問題。私からするとお助けキャラみたいになってますが、ティンダロスの纏《まと》め役ですからね。ミゼーアは大君主ですよ大君主。

　外なる神とは少し違うのに、ヨグ＝ソトースと殴り合えるワンワンですよ。《識別》によると下級の支配種族ですが、確実に詐欺です。

　そう言えばリジィの本体……というか魂。リーザですが、ちゃんと村の人達と会えていたようです。冥府軍……正確には幽世軍ですが、冥府と奈落のパトロールもありますからね。その時に会ったようです。

　感動の再会！　なお死後。まあ、再会には違いない。

んー……お、拡張できますね。異人達の死に戻り場所へ行きましょう。

今現在異人達の冥府募金は平屋です。そこから1段上げると、ログハウスのような見た目になりました。相変わらず玄関部分は賽銭箱《さいせんばこ》ですが、こぢんまりした平屋から、別荘のようなログハウスへ。豪華になっていきますね。

では次、常夜の城へ行き拡張します。

お城が光った後に綺麗《きれい》になって出てきました。中はどうでしょうね。少し見て回りましょうか。

中が綺麗――埃《ほこり》がない的な意味で――なのはいつも通りです。メイドさん達がお掃除してますからね。そういう意味ではなく、素材的に綺麗になりました。

おや、あんな装飾品ありましたっけね？　微かなひび割れなどが少しずつ綺麗になるだけでなく、豪華にもなっていくんですかね。

マップ的な変化はありませんね。さすがに増築などはされませんか。


おっと、これは……軍の施設がアップグレードされていますね。どれどれ……ほう、ほうほう。

これは良いですね。ゲームセンターにでもありそう。行かないので知りませんが。

えっと……詳細設定。人数はソロ、モードは時間耐久。3分間、被弾回数4回以上で失敗。レベル帯は同格。射撃タイプで、数は4ぐらいでしょうか。配置は位置、距離、範囲ともに全てランダム。攻撃頻度は……まず普通で。私の移動可能範囲は中央の……このぐらいで十分でしょう。許可スキルと禁止スキルは……設定しないで良いでしょう。

設定はこんなものでしょうか。

〈戦闘シミュレーターの設定が完了しました。選択された戦闘モードはカスタムです。許可エリア内に入り開始を意識するか、ＵＩからスタートで始まります〉

中央へ移動してアサメイを空間……んー？　時空属性になりましたか。空間での効果は武器攻撃力減少、武器防御行動に補正。アサメイに持たせる主力効果でしたがまあ、上位属性でしょう。演出もより綺麗になっていますね。深い青に星を思わせる白い点々だったのに加え、光の屈折か少し揺らめいて見えます。

まあそれは良いとして、設定したシミュレーターを使用しましょう。

開始を意識するとカウントダウンが始まり、0になると敵扱いのビットが出現。数は前1後ろ1左2の合計4。設定した通りの数ですね。出る場所は位置も距離も方向もランダムに設定したので、場合によっては偏ったりもしますか。

設定したので射撃攻撃をしてくるわけですが、見慣れたラインが4本表示され……いや、見慣れてませんね。とりあえず飛んできた4発を弾きます。

ビットはこちらに攻撃してから少ししたら動き出し、止まると再び攻撃してきました。攻撃したビットから動き出していますね。勿論《もちろん》ビットはバラバラの方向へ移動します。移動速度も移動距離も違うので、攻撃する順番も変わるわけですか。

〈フェアエレンがログインしました〉
〈フェアエレンが訪問してきました〉

ん……ああ、蜜ですか。

そして《危険感知》……今だと《天啓》によるシステムアシストのラインですが、ラインが赤だけではなく、カラフルですね？

赤、緑、青に……オレンジでしょうか。赤１緑２青３橙《だいだい》４と番号が振られており、色が濃くなっていきますね。

色が順番、濃さがタイミング。濃さ以外にもゲージが付いてるので、そっちの方が確実でしょうか？　問題はこの濃さもゲージも、案外信用ならないということです。たまにラグったようにゲージが一気に減るんですよね。スキルレベルが低く、精度が悪いのでしょう。

ただ、ラインの表示自体がそもそも早いですね。攻撃の確定前から予測線があり、その中から確定ラインだけ残る……未来予知ですね！　反射はともかく、弾くだけなら更に難易度が下がりました。囲まれた場合の生存率が上がりますね。タイミングは今まで通り頑張るしかありませんが。

とりあえず……ビット４個では足りませんね。遺跡ダンジョンの方が弾幕が濃いです。もう少し数を増やさないと楽しくありません。

……っと、終わりましたか。一応スキル経験値も入るのでしょうか？　主にPS鍛え用ですね。PT連携確認にも使えますし、敵を使ってのスキルの確認もできますか。

もっと早くこちらを拡張すべきでしたが……まあ、こればかりは仕方ありません。お城の拡張なので、冥府所属の不死者プレイヤーなら利用が可能でしょう。順番待ちになるのか、インスタンスになるのか分かりませんけど。

これからは型稽古の時間を少し減らして、これ使いますかね。

確認はしたので、離宮に行ってみましょう。見に行かなくても、クリスタルロータ人を使用して、妖精の蜜を生産中だと思いますが。

離宮へ戻ってくると、軍隊魔戦蜂を刺激しないように混じって、採取に勤《いそ》しんでいますね。

「ごきげんよう、フェアエレンさん」

「やはー」

フェアエレンさんは相変わらずエクレーシーですね。青白くバチバチしている雷系妖精種。

「そういえばねー。この間キャバリシーの人に会ってきたのー」

「確かタンク系の妖精種でしたか」

「そうそう。飛行方法は特殊浮遊で、ステータスも近接寄りみたい。設定的には魔力の運用法を変えたとかなんとか」

「設定やステータスは良いとして……特殊浮遊ですか？」

「タンクだから、浮遊状態でも踏ん張れるらしいよ？」

「なるほど、吹っ飛ばされてたら困りますからね」

恐らく私の持つ《座標浮遊》と同じ効果の、別名スキルでしょう。私のは空間操作系による浮遊技術ですからね。

レアそうに見えてもレアスキル判定じゃないんですよね、そんなものでしょう。気になるとすれば、完全に同じ効果なんですかね？

「ある程度の検証はしましたよね？　逆さや斜めになったりできるのですか？」

「一応可能だけど、気球とか風船のフワフワ感だから激むず」

「そういえば浮遊系は多少上下に動いてましたね」

どうやら完全に同じ……と言うわけではないようですね。浮遊形式としてはかなり高性能なのでしょう。安定性的な意味で。

「そういえば、姫様の浮遊スキル上下移動ないね？」

「私は地上に立っているようなものなので、安定性は抜群ですよ。その分速度が遅いですけど」

「飛行系って案外種類あるんだよねー……」

まず大きく分けると《飛行》と《浮遊》の2種類。それぞれにMPを消費するタイプと、しないタイプがある。鳥は消費しないタイプの《飛行》を持ち、妖精は消費しないタイプの《浮遊》を持っています。

同じ《浮遊》を持つ妖精種でも、種族によって浮遊感が違う。風のフェアリーは飛ぶようで、水のニクシーなんかは浮かぶようで、光のスプライトなんかは漂うに近いとか。

イーグルとかのタイプは、通常飛行はMPを消費しないけど、MPを使えば急激な加速や、走るような感じで最高速度を上げたりと、多少不自然な飛行が可能だとか。

「体傾けてMP使った羽ばたきすると、クイックブースト的な動きができるって」

「Gヤバそうですね」

「調子乗ってると上下分からなくなって熱い抱擁交わすってね……」

「空間識失調《バーティゴ》ですか。人外系の個人飛行は航空計器とかありませんからね。飛行系の宿命ですね」

「姫様は大丈夫？」

「私はドッグファイトしませんからね……。飛び回る必要がありません。視界も特殊ですし」

「そっかー。運動会でも戦えてないし、姫様と空中戦してみたいなー？」

「別に構いませんが……戦闘機のようなドッグファイトは不可能ですよ？」

「それはホークとかイーグルで嫌でもするから……」

「ああ……。空中戦なんてそんなやる機会ありませんし、構いませんよ」

「ここじゃできないよね？」

「無理ですね。どこかのフィールドでないと」

　ここ特殊フィールドですからね。フェアエレンさんの行動可能範囲は、私のプライベートエリア扱いの離宮のみ。それ以外に行くためには、冥府への試練をクリアした不死者である必要がありま す。あくまでここは死者の世界。……ハデスの妻、ペルセポネーみたいになる的な認識で良いかと。

「よっし、こんなもんかなー。はい、今日の取り分」

フェアエレンさんから受け取った妖精の蜜を、待機していた近くの侍女に渡し、キッチンで保管してもらいます。

「そういえば追憶のレモネードは知ってますか？」

「うん、愛用……愛飲？　してるけど」

「あれは軍隊魔戦蜂と追憶の水ですが、妖精の蜜でも作れますよ」

「効果検証はー？」

「多少妖精の方が回復量が多いかな……程度ですね」

「手間考えると微妙かな……」

性能だけで判断すれば妖精の蜜を使ったレモネードですが、蜜の入手法を考えると妖精の蜜で作るのは微妙ですよね……。狩りに出るとがぶ飲みしますし。

妖精の蜜を使うとしたら、フェアエレンさんの場合は蜂蜜酒に回しそうです。デメリット出るほど飲まなければ、回復量が多いですから。

「よーし！　姫様、始まりの町！」

「分かりました」

庭に置いているミニ立像から転移していったので、私も転移します。

平日とはいえ始まりの町。人は沢山います。しかし決闘モード……ＰＫではなく、申し込みからのＰｖＰだと、攻撃の当たり判定は対象にしか出ません。

決闘モードも設定は結構細かくできますね……。決闘範囲に勝敗条件、ハンデ設定に賭け設定などなど。

範囲はそのまま出たら負けになる場外設定。ドーム状から町中や、最大だと始まりの町周辺までとかできるようですね。要するに兎《うさぎ》さんとウルフがいる平原までで、ポップの変わる森などに入る手前まで。なしにすると場外による負けがなくなる。

高度の設定などもできるようです。地上何メートル以上行ったら負けとか、逆に地上何メートル以下に落ちたら負けなど。

「勝敗条件どうする？　大体全損かレッド」

「デスペナとかないんですよね？」

「ないねー」

「なら別に全損で良いですね」

「プチッと行くからその方が良いな！」

勝敗条件はそのまま、勝ち負けの決定条件。基本的にはＨＰがどこまで減ったか……ですね。それに加え決闘範囲を設定すれば場外もプラスされます。

設定範囲は０から99で１単位。基本的には０の全損か、３割のレッドですね。99でやれば１でも受けたら負け。

今回は『始まりの町上空』で、勝敗ルールは全損。

ＵＩでは町を囲う壁の範囲で、建物より上に円柱の枠がプレビューされています。実際の方もされているはずですが、私の視界では見えませんね。

「お、録画もあるんだっけね」

「定点とプレイヤー……チェック方式ですか」

「撮ってみて良いー？」

「まあ、構いませんが」

「定点８ヵ所……見上げるのと見下ろすのを端に置いとけば良いか。プレイヤーは……姫様どうする？」

「私、視覚ですらないのですが、どう映るんですかね……」

「やっぱ飾りじゃなくて見た目通りなんだ？　スキルは適用するか選べるけど……あれ、スライムみたいな感じ？」

「確認してみますか……」

そう言えばスライムとかは種族的に特殊でしたね。私もスキルには触れずに種族的なことにすれば良いのでは？

三人称がなくなりますね。常に一人称で、私を中心にして円形。私の意識しているところが軽く色付いていますね。

「こんな感じです」

「おー、スライムに近いけど……姫様これ、外側は一切見えないね？」

「見えませんね。例えるなら、暗闇の中に全方位の明かりを置いてる感じです」

「どっちが良いかは人によるかな……」

スライムはドーム状で、途中から目が悪くなったかのようにボヤける。はっきり見える部分は私よりも狭いようですが、視覚と同じように見えはするようですね。

正確にはドーム状……180度よりは狭いみたいですが、スライムは地面を這《は》っているので、似たようなもんか……と。

私の今現在、半径409メートルです。《時空間認識能力拡張》になってからまた計算式変わった気がするんですよね。いったいどこまで広くなるんですかね？

正直、あまり広くなり過ぎても困るのですが。

「じゃあ全部録画ね」

「それで良いでしょう」

とりあえず設定はこんなものですかね。

設定完了を押すと、設定画面がReadyの文字に変わり、戦闘開始とキャンセルボタンに。

まず私達が開始エリア内に入らないと戦闘開始が押せませんね。でないと始まった瞬間に場外で両方負けるので、当たり前ですが。

ということで、2人で空へ行き向かい合います。

「よーし、行くよー？」

「ええ、構いません」

戦闘開始を2人で押すと、決闘範囲の中央に文字が出現しました。

Ready

3

アサメイを手に呼び時空の光剣を、栞《しおり》は浮いて本になります。

2

1

Fight!

開始と同時に即座に詠唱を開始し、フェアエレンさんから飛んできた【トニトルスアロー】を反射します。……避けすらしませんね。そういえば妖精の同属性は無効でしたか。狙って反射する必要がないと思えば楽か。

プレイアブルでは飛行適性がほぼ最強と言えるエクレーシーが相手です。その飛行適性を使いこなせるかは中の人次第ですが、フェアエレンさんですからね。ベータの時から飛び回っているので、ボールやアローはまず当たらないでしょう。ジグザクに飛ばれるだけで、偏差のシステムアシストが機能しません。

詠唱していた6個の【ノクスマジックミサイル】が本から放たれます。

さすがにフェアエレンさんは移動を開始。加速も飛行速度もかなりのものですね。飛びながらも私の方にアローやらランスが飛んできます。私は飛び回らないので、その辺りの魔法で良いのでしょう。

まあ、弾きますけど。

私とフェアエレンさんにより、光、闇、雷、風が飛び交います。

「【トニトルスプロード】！」

「【マジックバリア】」

古き鍵の書のページが前に来て、前方に膜を張り、雷の奔流を防ぎます。さすがに全部は防げませんが、結構なものですね。

「思ったより通ってない！」

「バリア系は精神依存ですから」

……雷もしっかり被ダメージ増えてるようですね？　複合は増加分のみ計算でしたっけ。光と闇以外は基本増えると思って良いですね。

「【ソニックラッシュ】」

「んひーっ！」

む、残りましたか。プチッと行くかと思いましたが、クリーンヒットしませんでしたね。残念です。

普通に振っただけでも鞭《むち》の先端は音速を軽く超える。それに加えゲーム要素である【ソニックラッシュ】の使用で、私の持つ最速の攻撃だったり。

アーツの説明は『即座に敵に衝突し、刺突ダメージとノックバックを与える』ですが、挙動としては単体指定で、指定した敵に向かって突っ込んでいくだけのシンプルなアーツです。

ただし、振られた鞭の先端が……なので、ただでさえ音速を超える先端が、アーツによって加速し敵に突っ込むため、これが中々の使い勝手。

正直偏差云々《うんぬん》という速度ではないので、当てるのは楽です。問題は遠距離である魔法に比べ、剣と鞭の統合である蛇腹剣は中距離です。

つまり射程不足！　もう寄っては来ないでしょうね。

「分かってたけど当たんねー！」

「それはお互い様です」

フェアエレンさんは私に弾かれて当たらない。私は避けられて当たらない。

「ならば！」

「む……」

フェアエレンさんは私の正面で左右に動いていたわけですが、ついに私の周りをグルグルし始めました。速度を活かして全方向からポンポン飛んできますね。

検証班のＷｉｋｉに、40から同属性の詠唱速度上昇効果が増える……とか書かれてましたっけ。

さすが魔法特化種族と言うべきか。何という連射力。一応同じ魔法にはリキャストがあるので連射はできません。でもボール、アロー、ランスと三つをローテすればほぼ途切れずに飛んできますね。

私の種族って体力と回復力によるしぶとさが最大の売りですが、防御系効果なわけで。被弾しなければ意味ないんですよね。そんなメインより、触手を出せて《未知なる組織》を塗りたくれる方が嬉《うれ》しいという。

「こっちならどうだ！」

「ほいっ」

「マジかよひっめ……」

空中戦ということは、三次元移動が可能なわけで。

私の正面から下を通り背中へ向かうフェアエレンさんが、真下の時に魔法を撃ってきました。

当然その状態でパリィはできず、回避行動を取るのが普通でしょう。しかし、私の《座標浮遊》はとても優秀なのです。中心を固定したまま、回ってしまえばいい。

私は視界も自分を中心とした円なので、くるくるしたところで《天啓》による攻撃ラインを見失うことはありません。むしろ気にしないといけないのは《古今無双》による型ですね。常に【水面の型】は維持したいですから。

「安定性は抜群だと言ったでしょう?」

「無重力みたいな動きしよる。でもスカートがヤバイね」

「そうですね……。実際に無重力ではありませんから……」

「でも攻撃はやめない！」

重力はそのままなので、逆さになると丸出し状態になりますね。ちゃんとインナーパンツはいているとはいえ、それはそれ。

それにしても、この魔法合戦……実に不毛では？　お互い当たらない。どちらかといえば、私の方が有利ですね。オワタ式のフェアエレンさん、ミスしたら死にますからね。

エクレーシーはバインドを振り切るんですよ。逆に向こうのバインドは古き鍵の書と【マジックバリア】で、バインド中に倒されることはありません。その後、弾きながら《聖魔法》で回復すればいい。

お互い倒す決定打がないというか……そろそろ触手を解禁しますかね？　フェアエレンさんの天敵だと思うんですよ。突然出てくる触手。あのスピードに合わせるのはそれはそれで大変ですが、壁として出して突っ込んでもらえば……。

「これで……どやっ！」

「おおっ？　おー……」

6個の【トニトルスマジックミサイル】が、1個ずつ別方向から飛んできます。

1個1個をバラバラの位置に出現させ、あらぬ方向に打ち出すことで、誘導効果を利用して囲うように攻撃する……と、なるほど。

私のようにほぼ動かないか、的が大きかったりすれば有効な撃ち方ですね。逆に冷静に動かれると、弾同士がぶつかって消滅する撃ち方です。

しかし私は別の対処法をしましょう。これで倒せると良いのですが。攻撃魔法でないなら、古代神語学はむしろ詠唱に時間がかかる。

アローやらランスは弾き、ギリギリまでミサイルを引き付け……。

「【ショートジャンプ】【Mey Persepho《みいぺるせふぉ》……】」

「んえええええ!?」

飛んでるフェアエレンさんの後ろに転移し、古代神語学による詠唱をしながら剣を振りましたが、避けられました。

「……Herja《へりや》】」

「【マジックバリア】」

さすがの対応力ですね。剣をどう逃げられても良いようにバーストを選択したのですが、【マジックバリア】で軽減されましたか。

しかし距離が空きましたね。

「【ソニックラッシュ】」

「ぐえーっ！」

妖精は小さいからクリーンヒットさせるのが難しいですね。微妙に残りましたので……触手でペシン。

「おぅふ……」

「私の勝ち。なんで負けたか明日までに考えといてください」

「ぶはっ！　ここでそれか……！　ムカつくー！」

「言うなら今かな……と」

「確かにそうだけど！」

普通に煽《あお》りなので、仲の良いネタが通じる人じゃないと使えませんよね。

「姫様戦闘中に転移したよね？」

「《超高等魔法技能》と《空間魔法》30で覚えた【ショートジャンプ】ですね」

「短距離転移魔法！」

「ええ。私で1割持ってかれます」

「相変わらずの燃費よ……」

「特定属性系のMP消費減らすようなアクセとかないんですかね」

「ありそうだけどねー」

しかしそれで《空間魔法》系を装備するか……と言われると、ぶっちゃけ微妙ですね。どう考えても闇か光、または聖が優先でしょう。アクセだと装備枠を使うわけなので、装備可能数が決まってますからね。

「新鮮な空中戦だったけど、やっぱ姫様と1対1はダメだな！」

「純魔や弓などは私の得意分野ですからね……」

「最初から触手使われるだけで相当つらたん」

「フェアエレンさんが相手だと、触手を壁にするだけで良さそうですよね？」

「あー……突っ込むね。間違いなく突っ込む。本来ウォール系は空に出せないし」

理想は進行方向からのなぎ払い直撃ですね。まあつまりバッティング。一番ダメージがあるはずです。しかし確実に回避行動取るので、掠《かす》めるだけでしょう。

「正直、1対1の近接の方が悲惨な気がしますね……」

「そうなの？」

「近接攻撃に確率で反応する自動反撃があるんですよ。受け流してるだけで触手による反撃と、状態異常によって死ぬでしょうね……」

「わぁ……」

触手自体は威力低いですが、状態異常にできるパリィタンクだと思えば十分でしょう。触手の威力はともかく、《未知なる組織》による状態異常は強力です。

それはそうと、終わったので地上へ戻ります。

そして動画のチェック。自分と戦っている人視点というのも新鮮で面白いですね。

「カメラの切り替えとか、画面分割再生とかできますね……」

「これ拡張子なんじゃろ……あー、これか。固定8個と2人で10個の動画をファイル名で関連付けてるわけだ」

容量を食いますが、便利なのは確かですね。固定カメラがある方へ行ってないとかなら、そのファイル消して関連付けてるファイル名弄れば節約できますし。

10個あってもPvP1回の戦闘時間を考えると容量は……40ギガですか。残しても良いかなー感はありますね。

「問題はねー……この形式を再生できる動画サイトがまだないんだこれが」

「あー……確かに動画サイトでは聞きませんね。その場合編集して1個にして上げるんですか？」

「それが一般的だねー。後はもう、全部纏めて圧縮してダウンロードさせるぐらい。再生できるアプリはあるからね」

「定点はこれ、範囲広くてろくに映ってないのでいらないでしょう」

「姫様全然動いてねー」

「じゃあそれぞれの視点上げれば良いですね」

「良いべよ。自分の視点だけ保存して上げよ」

自分の視点の動画を保存して、アップロード作業を進めます。

……そう言えば、学校でふと思ったことを確認しましょうかね。

一号を肉塊の浮遊要塞で召喚します。

「一号、その体って形変えられますか？　可能なら◯、ダメなら×、条件付きなら△で」

一号の返答がありませんが、段々体が波打ち始めました。その後少しして触手で三角の合図が。

「条件付きですか。まあ、サイズ的に細かいことは無理そうですが……慣れがいる……かな？」

正解ですか。

あの素体は浮遊要塞だけあって浮遊で移動ですから、体を動かす必要がありませんでしたからね。反撃手段として触手を伸ばすことはできてるので、やっぱり形を変えられますか。

つまり、肉塊の浮遊要塞に乗るべきですね？　サイズが大きいので無意識に除外してましたが、ジャイアントやゴーレム、アラクネなどがいる世界ですから……今更？　現状なんとも言えないスケルトンのカスタムより、浮遊要塞に乗った方がそれらしい気がします。

「一号、上を椅子のように凹ませることは可能？」

上の方がうねうねしているようなので、そこへ行ってみます。

今のところ私以外にこれの召喚はいないはずなので、一目で分かるのは間違いないでしょう。プルプル波打ちながら変わっていきますが、歪《いびつ》ですね。座り心地は……いまいち。

「そういえば一号、その素体……触手は何本出せるのです？」

……数えるのが面倒なぐらい出てきました。

ということは、触手で椅子を作らせた方が良さそうですね。……見た目のヤバさは今更なので、気にしないものとする。

「座面と背もたれ、肘置きがあれば良いでしょう」

一号、もう少し座面の角度を……ええ、良いですね。

「うん、間違いなく悪役だね？」

「やっぱりそうなりますか。モヒカンさんとも話しましたが、要素的にどうしてもダークファンタジー寄りになってしまいまして」

肉塊の球体の上部が触手だらけで、そこに座っているため中々の絵面ですね。普通なら間違いなく悪役でしょう。しかも裏面とかの。

浮いてきたフェアエレンさんは肘置きのところに座りました。

「正直出番が少ないのが問題ですね。転移とか亜空間移動するので……」

「良い目印になるから町中はこれでいるべき。素晴らしいインパクト！」

やっぱりインパクト目当てなら、骨よりこっちですよね。

アップロードは……終わったようですね。フェアエレンさんの動画も別視点としてシェアしておきましょう。

「フェアエレンさんこの後は？」

「んー……土曜にはイベントくるし、レベル上げかなー？」

「シティシナリオとか言ってましたね」

「サブタイトルからクトゥルフ臭がするよね」

「生臭そうですね」

「ではなく」

「ハロウィンと考えると、シュブ＝ニグラスでしょうか。というか、豊饒《ほうじょう》云々はシュブ＝ニグラスしか知らないのですが」

「私もそれぐらいかなー。後はシュブ＝ニグラス関係で黒い仔山羊《こやぎ》？」

ヨグ＝ソトースと並ぶ神格の一柱。シュブ＝ニグラスですね。こちらも有名かと。

外なる神のシュブ＝ニグラスの称号である、千匹の仔をはらみし森の黒山羊。そして上級の奉仕種族である黒い仔山羊。まあ、繋《つな》がりがないわけもなく。親と仔であり、親の素晴らしさをせっせと広めているわけですね。

「まだシュブ＝ニグラスっぽい情報得てないんですよね。簡単に考えればハーヴェンシス様ですが」

「ハーヴェンシス様って慈愛でしょー？　なくない？」

「ステルーラ様という前例があるので、ないとは言い切れませんね。神々が沢山いない場合、複数の権能を抱え込むことになり一貫性がなくなる……」

「ふむ。つまり頭がおかしいだけ……と」

「まあ…………あいたーっ！」

まあ……と言った瞬間空から光が降ってきて私を貫きました。


〈ステルーラに叱られました〉


神罰が物凄い気軽にやってきた……！

「何ぞ……？」

「頭おかしいに『まあ……』と返したため、同意と取られましたかね……」

「私痛くなかったなー」

フェアエレンさんは肘置きに座っているので、光には巻き込まれてましたが、何もなかったようです。

「信仰者ではないからでしょう」

「なるほど？」

「はっ……もしや繋がりが深くなればなるほど気軽に神罰が飛んでくる……？」

「南無三！」

「何ということでしょう。日本人御用達の愛想笑いが許されないとは……。神にお仕えしている以上、しっかり否定しておけということですかね」

「この世界が身分社会ってのもあるかもねー」

「となると、私が神だ！　…………来ませんね。ネタ発言は許してくれる……と」

「住人とかの前だとダメじゃね」

「……ロールプレイが捗りますね？」

「美味《おい》しいね。さー……狩りでも行くかなー」

飛び立っていくフェアエレンさんを見送りまして……どうしましょうかね。平日なので、今からダンジョンに籠もるのは……微妙か。

ハロウィンキャンペーンで採取量が増えてるおかげで、日課の生産に割と時間食われましたからね。しかしMPポーション系は作っておきたいので、生産は必須。

……キャパシティ増やしでもしますか。

学校から帰ってログインしまして、型稽古後に戦闘シミュレーターで遊び、畑と大鉱脈から採取して生産。《料理》と《錬金》をじわじわ上げます。

お決まりの行動が終わったら……今日はフラフラと始まりの町の教会へ行って、お祈りでもします。肉塊で行くと入り口があれなので、骨ですね。

お祈りする時は勿論降ります。

レベル上げか、生産か、クエスト求めて町でも歩くか……。

どうしましょうね、ステルーラ様。


〈町も大事よ。貴女の知名度を上げるためにね〉


……まさかお返事があるとは。しかし知名度ですか。んー……権力や立場は相手に知られてこそ……という意味ですかね。

ネメセイアは知っていても、それがイコール私になるかはまた別の話？　服装である程度は察せそうですが、顔を知らないと意味がない……ですかね。顔がどのぐらい知られているか……が知名度で、住人にどれぐらい好かれているか……が好感度？

そういうことにしておきましょう。マスクデータなので、こっちには分かりませんからね。

帝国での反応からすると、身分が上ほど情報収集しているでしょうから、町のおばちゃま達にも知れ渡ればほぼ完璧と言えますかね。

知名度を上げるには……一号に乗って練り歩くのが一番ですかね。好感度上げるならクエストやるのが一番でしょうけど。セシルさんのようなクロニクルを他の人も見つけてくれれば、私の知名度が上がりそうなのですが。
とりあえず他の王都、開けましょうか……イベント終わったら！
一号で移動しながら、土曜のイベントまでレベル上げますか。
イベントまでに《閃光《せんこう》魔法》と《暗黒魔法》が3次になるでしょう。

■公式掲示板4

【もうすぐ】総合雑談スレ　116【イベント！】

1. 休憩中の冒険者
ここは総合雑談スレです。
自由に書き込みましょう。
ただし最低限のルールは守らないと、運営が飛んできます。
いやほんとに。最悪スレごと消されるからマジやめろ。
前スレ：http:// ＊＊＊＊＊＊＊＊
>>940　次スレお願いします。

530. 休憩中の冒険者
ダァーズベンニャーカラチィー……。

531. 休憩中の冒険者
ちわわ。

532. 休憩中の冒険者
ちわわ「ここは僕の王国だ。僕がやらなきゃ誰がやる」
533. 休憩中の冒険者
てめぇらのせいでライオンがちわわになったわクソが！
534. 休憩中の冒険者
まんまるおめめでよぉ！
535. 休憩中の冒険者
尻尾をピーンと立ててよぉ！
536. 休憩中の冒険者
や、やめろぉ！
537. 休憩中の冒険者
夕焼けのあの画像がちわわになる……。
538. 休憩中の冒険者
お前らにちわわになる呪いかけたわ。
539. 休憩中の冒険者
ライオン……あれはライオン……断じてつぶらな瞳のチワワではない。
540. 休憩中の冒険者
たかし……何を言っているの……チワワでしょう？

541. 休憩中の冒険者
ライオ……そうだね、お母さん！　チワワだったよ！
542. 休憩中の冒険者
堕ちたな。
543. 休憩中の冒険者
遺跡ダンジョンで見たものは……フォースを信じるのです……。
544. 休憩中の冒険者
テェクニックナ～ノダ～！
545. 休憩中の冒険者
>>544　それ別のフォースや。
もしかしなくても姫様。
546. 休憩中の冒険者
支援射撃型ＭＫ．Ｉの攻撃を反射しながら歩いていくのマジフォース感じてる。
547. 休憩中の冒険者
ＭＫ．Ｉの特徴であり利点は、その連射性である。
548. 休憩中の冒険者
姫様相手だと完全に仇《あだ》に……。
549. 休憩中の冒険者

たまにアサメイをクルクル回してるからマジそれっぽい。

550. 休憩中の冒険者
手癖で回したくなるからちょっと分かる。

551. 休憩中の冒険者
いや、ならんやろ。

552. 休憩中の冒険者
ラケットとか回さない？

553. 休憩中の冒険者
分かるぞ。サーブ待ちの時とかな！

554. 休憩中の冒険者
そうそれ！

555. 休憩中の冒険者
あー、手の上でスピンさせるやつな。姫様のは確実に狙ってるぞ！

556. 休憩中の冒険者
マジか、良いぞ。もっとやれ。

557. 休憩中の冒険者
光剣持ったらやるしかねぇよなぁ……。

558. 休憩中の冒険者

多分それ、ＲＰ以外の意味もちゃんとあるぞ。弾くようにして反射すると、実は反射ダメージが上がる。

559. 休憩中の冒険者

ちゃんと反射ダメ上がんのか！

560. 休憩中の冒険者

せやで。まあ、当然当てるの難しくなるんだけど。

561. 休憩中の冒険者

かっこいいから良し。

562. 休憩中の冒険者

盾だと狙って返すのは比較的楽なんだけどな……。

563. 休憩中の冒険者

え、結構むずない？

564. 休憩中の冒険者

それ真正面から反射しようとしてないか？　基本盾は受け流すために曲線だから、角度つけて反射しないとダメだぞ。

565. 休憩中の冒険者

マジでか。盾の形もちゃんと意識しないとダメか。

566. 休憩中の冒険者

そうだぞ。剣だと腹が平らだけど、細いし長いから狙っての反射はかなりシビアだ。
567. 休憩中の冒険者
このゲーム、基本当たり判定は見た目通りだと思っていいぞ。
568. 休憩中の冒険者
反射時だけじゃなく、敵の攻撃も案外変わるから、持ってる盾の形状覚えとき。
569. 休憩中の冒険者
分かった！
570. 休憩中の冒険者
でも姫様、カラーリング的にはシスだよね……。
571. 休憩中の冒険者
それな！
572. 休憩中の冒険者
立場的にはなんとも言えんな……。
573. 休憩中の冒険者
闇の形《なり》して神の使いだからな！
574. 休憩中の冒険者
死神的なあれな。死『神』というだけあって、実は神聖な存在である……。
575. 休憩中の冒険者

姫様とフェアエレンが決闘始めて草。
576. 休憩中の冒険者
マジか！　見たいどこだ⁉
577. 休憩中の冒険者
始まりの町だが空だからよく見えねぇ！　ガッデム！
578. 休憩中の冒険者
って空かよ！
579. 休憩中の冒険者
フェアエレンだしな。なんか姫様もしれっと飛んでるし？
580. 休憩中の冒険者
まあ人間じゃないですし……。
581. 休憩中の冒険者
人の形した何かだからな。
582. 休憩中の冒険者
見え……見え……。
583. 休憩中の冒険者
深淵《しんえん》でも覗《のぞ》いてんのか？
584. 休憩中の冒険者

深淵を覗く時、深淵もまたこちらを覗いているのだ。

585. 休憩中の冒険者
どうしような。覗いたら触手がうねうねしてたら。

586. 休憩中の冒険者
目も嫌じゃね。何かと目が合うの。

587. 休憩中の冒険者
スカートの中覗いたら何かと目が合うのか……怖すぎワロタ。

588. 休憩中の冒険者
スカートの中に何か飼ってる系女子良いよね……。

589. 休憩中の冒険者
姫様の場合飼ってるとか言うレベルじゃないんだけどな。

590. 休憩中の冒険者
御本人がアウト。

591. 休憩中の冒険者
フェアエレンが頑張ってるのは分かる。

592. 休憩中の冒険者
魔法が飛び交ってる光が空に見えてしゅごいファンタジーしてる。

593. 休憩中の冒険者

分かる。ちょっと良い。
594. 休憩中の冒険者
フェアエレンさん目立つなー。
595. 休憩中の冒険者
種族的にバチバチしてっからな……。
596. 休憩中の冒険者
あっ……。
597. 休憩中の冒険者
フェアエレンが死んだ！　このろくでなし！
598. 休憩中の冒険者
だってこれ、決闘だもの。
599. 休憩中の冒険者
録画とかしてないかなー？
600. 休憩中の冒険者
妖精は浮いてなかったなー。
601. 休憩中の冒険者
決闘は録画機能付いてたろ。わんちゃんあるで。
602. 休憩中の冒険者

録画してるっぽい。全裸待機！

603. 休憩中の冒険者
　Ｆ５連打。

604. 休憩中の冒険者
　やめて差し上げろ。

605. 休憩中の冒険者
　Ｃｔｒｌ＋Ｆ５連打。

606. 休憩中の冒険者
　変わらんだろが！

607. 休憩中の冒険者
　そこでＡｌｔ＋Ｆ４ですよ。

608. 休憩中の冒険者
　消えちゃったんだけど？

609. 休憩中の冒険者
　草。

610. 休憩中の冒険者
　草不可避。

611. 休憩中の冒険者

っていうかそれらのショートカット効くのな。
612. 休憩中の冒険者
ソフトウェアキーボード出せるで？
613. 休憩中の冒険者
マジかよ……マジだわ……。
614. 休憩中の冒険者
くらえ！　エターナルフォースブリザード！
615. 休憩中の冒険者
Cドライブがフォーマットされました。
616. 休憩中の冒険者
やめろ……やめろ……。
617. 休憩中の冒険者
新規インストールしなきゃ……。
618. 休憩中の冒険者
＊おおっと、インストールメディアが行方不明だ＊
619. 休憩中の冒険者
割とあるから困る。
620. 休憩中の冒険者

それな。

621. 休憩中の冒険者
む、うぷされた。

622. 休憩中の冒険者
ほんまや。しかもお互いの視点じゃん。こういうの好きよ。

623. 休憩中の冒険者
ってなんじゃこりゃ……。

624. 休憩中の冒険者
姫様の視点こんなだったのか……。

625. 休憩中の冒険者
後ろに目があるってレベルじゃなかった。

626. 休憩中の冒険者
あの目隠し、飾りじゃなかったんですね。

627. 休憩中の冒険者
なるほど。これに《危険感知》とかが乗ってのジェダイ誕生か……。

628. 休憩中の冒険者
これ慣れるまで大変そうやな。

629. 休憩中の冒険者

人外種だから覚悟の上だべ。
630. 休憩中の冒険者
むしろこれに慣れるとリアルが不便そう。
631. 休憩中の冒険者
ことごとく弾かれるフェアエレンである。《雷魔法》は弾速最速なんですが？
632. 休憩中の冒険者
キャンプで雷弾くの見てましたし……1対1だとこうなるよねって。
633. 休憩中の冒険者
フリフォで囲んでやっとだからな。
634. 休憩中の冒険者
ＳＷのＦＰＳで、細い通路にいる時に正面からベイダー卿《きょう》が来た時の絶望感を思い知れ！
635. 休憩中の冒険者
安心しろ。相手がジェダイでも絶望感は同じだ。
636. 休憩中の冒険者
笑えるよなあれ。
637. 休憩中の冒険者
何かの間違いで勝っちまうとなお笑える。
638. 休憩中の冒険者

フェアエレンさんの視点がマジでＳＷのモブ感ある……。

639.休憩中の冒険者
逆さにもなれるんか。

640.休憩中の冒険者
見え……見え……！

641.休憩中の冒険者
インナーパンツだけどな。

642.休憩中の冒険者
私は一向に構わんとも！

643.休憩中の冒険者
そうかい……。

644.休憩中の冒険者
なるほど、マジミサはそう撃てるのか……。

645.休憩中の冒険者
ん⁉

646.休憩中の冒険者
姫様が後ろにいる！

647.休憩中の冒険者

転移したな⁉

648. 休憩中の冒険者
あっ南無南無……。

649. 休憩中の冒険者
姫様のラスト……気になる点が何個かあったな。

650. 休憩中の冒険者
【ショートジャンプ】ってところから、短距離転移だろう。まあ《空間魔法》だな。

651. 休憩中の冒険者
それとあの発動キーか。

652. 休憩中の冒険者
不治の病じゃなかったか……残念……。

653. 休憩中の冒険者
あれ通常と仕様が違うね。

654. 休憩中の冒険者
おいちゃん魔法持ってないんだけど、何が違うんだ？

655. 休憩中の冒険者
フェアエレン視点を見れば分かると思うが、魔法の使用手順は魔法の種類によって多少変わる。

ボールやアローは以下だ。

1. 魔法選択。
2. 出現したゲージが溜《た》まるのを待つ。プレイヤーはこれを詠唱時間や詠唱と呼ぶ。
3. 魔法名などの発動キーで魔法が具現化。
4. 狙いを定めて発射。

656. 休憩中の冒険者
なるほど。全然違うんだな？

657. 休憩中の冒険者
姫様のゲージの挙動を見る限り……あの言葉で魔法を組み立ててるのか？

658. 休憩中の冒険者
RP的にはありだが、使い勝手は悪そうだな……。ゲージ満タンで発動キーを言わないでおく遅延使用が辛ない？

659. 休憩中の冒険者
しかしリアルタイムに組み立てていくタイプなら、魔法選択はかなり状況に合わせられるぞ？

660. 休憩中の冒険者
でもそれなら、あの状況ならバーストじゃなくてショットとか槍《やり》使わない？

661. 休憩中の冒険者
確かに？　でも相手がフェアエレンだからな……確実性ならバーストじゃね？

662. 休憩中の冒険者

妖精小さいし……エクレーシーで動きがあれだからなー……。

663. 休憩中の冒険者

魔法選択、座標指定、出現後の方向指定、発動キーか？　恐らく射程は……視界？

【ショートジャンプ】は通常使用だな。

664. 休憩中の冒険者

っぽい。これ体の向きとかどうなんだろ。使用時のままか、指定もできるのか分からないや。あの視界だと座標指定型ヤバイね。

665. 休憩中の冒険者

そして種族的に消費が低いであろう、姫様で10％である。

666. 休憩中の冒険者

それな！

667. 休憩中の冒険者

回避や奇襲にも使えるからな……。クールタイムが気になるが、詠唱速度は十分実用範囲だろう。

668. 休憩中の冒険者

パパー！　あの触手エッチくないよー？

669. 休憩中の冒険者

やめて！　乱暴する気でしょう！

670. 休憩中の冒険者
やめて！　ランボーする気でしょう！

671. 休憩中の冒険者
カタカナだと意味変わるんだよなぁ……。

672. 休憩中の冒険者
ファーストブラッド……勿論《もちろん》てめぇの血だぁ！

673. 休憩中の冒険者
触手でランボーするのか、ヤバそうやな……。

674. 休憩中の冒険者
エロ同人の触手じゃなくて、クトゥルフ神話の触手だって事を忘れるな……。

675. 休憩中の冒険者
基本触手に捕まったらまず逃げられないよな。化け物と筋力勝負とか無理だから……。

676. 休憩中の冒険者
そもそも触れた時点でアウトなのもいるしな。

677. 休憩中の冒険者
《未知なる組織》がその類だと思うんですよ。

678. 休憩中の冒険者
最初から触手乱舞されたら、フェアエレンさん相性最悪じゃない？

679. フェアエレン
突っ込んで死ぬぜ！
680. 休憩中の冒険者
lol
681. 休憩中の冒険者
lol ってなんぞ。
682. 休憩中の冒険者
草の海外版。
683. 休憩中の冒険者
なるほ。
684. 休憩中の冒険者
体力無いからなー……。
685. 休憩中の冒険者
妖精種の宿命だから。
686. フェアエレン
それ以外は快適よ。
687. 休憩中の冒険者
体力無いけどスピード出るからな。突っ込んだらまず死ぬか。

688. フェアエレン
　壁は天敵。森も怖いね！
689. 休憩中の冒険者
　姫様はやっぱ集団で囲まないとダメか。
690. フェアエレン
　近接で波状攻撃かなー？　まあ、空に逃げられるだろうけど！
691. 休憩中の冒険者
　……敵対しないのが一番だな！
692. 休憩中の冒険者
　真理。

06　第四回公式イベント

朝のあれこれを済ませてログイン。

……おや、メッセージが来ていますね。セシルさんから。忘れてて私が寝た後に掲示板に出した情報ですか。

魔法伯から貴族と関わりを持つなら、ダンスはできた方が良いと言われたんだけど、ダンス系のスキルに心当たりはないか……ですか。なるほど。

《舞踏》と《舞踊》がそれですが、あれは《足捌《あしさば》き》の２次スキルであり、別にダンスをするためのスキル……ではないはずです。

ゲーム内でダンスしたことないので、やれば何かしら生えそうですが……ダンスを教えてもらえるようなコネが必要ですか。フレンドの中でその可能性が高い私の方に来たと。

エリーやアビー達と社交ダンスも良いですが……どうせならまずは宰相ですかね。ニャル様の方は……奴のことです、確実に踊れるでしょう。無貌の神は多才である。……しかし私の背筋がゾワゾワしそうなので、やめましょう。ニャル様とダンスとか、不幸とダンスしそうですからね……。深淵《しんえん》は……そもそも姿があれなのが多いので、『不思議な踊り』になるでしょう。

そとなるものは　ふしぎなおどりを　おどった！
○○は　しょうきどを　うしなった！
堪りませんね。

アホなこと考えてないで、まずは宰相に会いに行きましょうか。

「さいしょー」

「なんですかな？」

「宰相踊れます？」

「はて……多分覚えているかと。しかし、表とは確実に違いますぞ？」

「あー……」

時代も違えば国による違いもあるでしょうし……ん？　そう言えば地上の身分制度を把握していない？

ステルーラ様の領域である冥界――冥府と奈落、深淵を指す――は把握しています。深淵では下っ端なのでちょっと怪しいですけど。

「立場的に踊れない……というのは少々情けないですね。断るにしても、踊れるけど地上と違うから……という理由が使えた方が良いですか」

「地上にサイアーを踊りに誘える者はいないと思いますぞ？　知りたいと仰るのなら教えるのは構いませぬが」

イベントは午後からなので、しばらく教えてもらいましょう。

離宮でやるようなのでそちらへ移動し、離宮にいる侍女を捕まえて使用していない部屋でレッツダンス。
まずは教わったようにステップ。……これ動作アシスト効いてますね？　《絢爛《けんらん》舞踏》も効果出てるんでしょうか、かなり楽。
ダンスの経験はリアルでもあるので、基本中の基本であるステップの確認はあっさり終了。それが終われば次は宰相と組み、連れてきた侍女に確認してもらいつつ流します。

〈今までの行動により《ダンス》が解放されました〉

おや……既に2時間ほど経ちましたか。ちょっと休憩して確認ですね。

《ダンス》
王侯貴族の嗜《たしな》みだが、派生も多いので注意が必要。
王侯貴族とのコネを求めるなら、社交ダンスはできた方が良いだろう。

冒険者にそこまで求めるかは分かりませんが、きっかけにはなるのでしょうね。
まずは冒険者ランクを上げ、依頼だなんだと名を知ってもらい、それからダンスができるかどうかなどで夜会への招待……でしょうか？　そして夜会から更に別の貴族なんかとのコネを……と。

消費SPは3……一応取っておきますか。

《ダンス》
【ダンス：不死者】

……多分宰相から教わったので不死者。つまり種族ごとにダンスがある？　となると人類だけでなく、国の確認されているフェイや天使系もありそうですね。

そして《識別》のようにスキルレベルがありません。アーツとして知ってる踊り方を表示するだけでしょうか？

再び宰相に少し付き合ってもらいまして検証した結果、スキルの効果は視界に動きの誘導が出ますね。最悪これ見ながら踊れるでしょう。

付き合ってくれた宰相と侍女にお礼を言いまして、セシルさんにメールを送っておきます。どうせこの後のイベントで会うでしょうけど。

お昼はイベントに合わせるとして……後3時間ないぐらいですか。1時間ぐらいはお昼に余裕持たせるとして、どうしましょうかね。

そう言えば今回のイベントはアイテムが持ち込み可能でしたね。失敗しましたか。ゲーム内加速があるので、食材を買っておけば良かったですね……。いや、料理人がやりますか。おっと、蜂蜜をインベに移しておきましょう。

私が優先すべきは……《錬金》か。蘇生薬《そせいやく》に……聖水？　生産施設の使える今のうちに、蒸留水を量産しておくのも良いですね。あれ面倒なので。

追憶の水は湧き出る水筒に入れていますし……清浄の土か。聖水を作るのに使っている入れ物の土を新しくして、インベに入れておけば良いでしょう。

蘇生薬用にクリスタルロータスとホーリープニカが必要ですね。集めてもらいつつ……お昼までは生産しましょうか。


妹とリビングでご飯。

「お姉ちゃんPTは？」

「いつも通りかな。双子がどうかってところじゃない？」

アルフさんにスケさんはいつも通りとして、鯖《さば》振り分けもするようなので、アメさんとトリンさんがどうなるか……ですね。

あの双子は入れて欲しければ向こうから来ると思うので、来たら入れてあげれば良いでしょう。

「今回はどんなのかなー？」

「シティ系だし、お使いがメインじゃないかな」

「それはあんまり嬉《うれ》しくない……」

お使いクエストを喜ぶ人はそういないと思いますが、ＡＩにより受け答えが優秀なこのゲームはだいぶマシですかね。話の流れからしれっとお使いさせられるので、断りづらいとか。

私は今のところ、お使いクエストがご無沙汰ですね。立場的にあれか。

「お姉ちゃん今何レベ？」

「今は46だったかな？　上がらなくなってきたね」

「だよねー。ペース落ちたしそろそろ寄り道しだすかな？」

「ひたすらダンジョンでレベル上げは飽きるからね。クロニクルとワールドクエストの存在もあるし、他にも目を向け始めるかも？」

「クロニクルはともかく、ワールドクエストがまだ始まりの町だけなんだよね。他も探したいけど、1PTでやってもなー……」

「ゴブリンを考えるとちょっとね……」

ゴブリンは恐らく討伐数ですが、他は条件すら不明。1PTでは無謀ですね。それするぐらいならダンジョン潜って黙々と狩りした方がマシでしょう。

私は気分転換で生産があるんですけどね。

「そう言えば、今回はアイテム持ち込み可能だから、蘇生薬の材料とか持ってく」

「ああー……あれは現地調達無理そうだね」

「お肉は手持ちがあるし現地調達もできるだろうけど、軍隊魔戦蜂の蜂蜜は倉庫からインベに移した。蘇生薬と聖水はさっきまで作ってたのと、素材で持ってく」

「蘇生薬あるなら多少無理できるか。対アンデッドがあればお姉ちゃんから聖水を買おう。……そう言えばお姉ちゃん、魔法は3次スキル入った？」

「技能、光、闇、空間が入ってるよ。《本》は取るの遅かったからもう少しかかりそうかな」

《閃光魔法《せんこう》》は《極光魔法》になり、《暗黒魔法》は《混沌魔法《こんとん》》になりました。覚えた魔法は【セラスグラディウス】と【ハオスグラディウス】のグラディウス系ですね。

イベント前に上げられて何よりですよ。

「使った？」

「勿論《もちろん》。派手になったし、範囲もかなり広いね」

「ねー！　掲示板では範囲魔法の上として、広域魔法って呼ぶことにしたらしい」

「広域魔法ね。見た目的には使っていきたいけど、ＭＰ効率的にはなんとも言えないかな……」

「どこかで見たような魔法でかっこいいよね！」

使用した属性の剣が降ってきて地面に突き刺さり、その後に剣が収縮して爆発します。爆発のエフェクトとしては範囲の広がったバースト系ですね。……私も元ネタがチラつきましたが、気にしないことにしました。

消費ＭＰや詠唱速度を考えると、６体ぐらいは巻き込みたいところです。

「ＭＰ効率的に範囲は３体から、広域は５体ぐらいから使っても良いかなーぐらいだって」

「やっぱそのぐらいか。でもそんな釣るとタンクがねー……」

「だよねー。普通に１ＰＴでの狩りだとタンク落とすよねー」

「そんな固まってることもないだろうし、ある程度トレインが必要になるけど……」

「かなり無理することになるだろうね。主な出番は虫系とか防衛戦だよねー」

「そうなるだろうね。単体魔法に期待かな」

グラディウス系は1レベの魔法ですから、今まで通り行くなら後8個ぐらいは覚えるでしょう。

「ん⁉」

「なに？」

「蘇生魔法が見つかったって！」

「このタイミングで……？」

「『10回蘇生薬を使用するか、使われる』だって！《聖魔法》にExとして追加らしい！」

「なるほど、うちのPT死なないからね……」

「そうそう死なん！ ちなみに検証班からの情報」

「ああうん」

今までは死んだら冥府に行くしかなかったので、慎重にやっていたはずです。しかし蘇生薬のおかげで、死んでもその場で復活できます。リキャストが長めとしても、捗ったことでしょう。

「イベントが来るけど、リザレクションを覚えておくべきか……」

「んー……まあ、10個分の価値はある……かな。始まる前に覚えようか」

「多分みんな急いで取ろうとしてるはず。問題は覚えるだけの蘇生薬が……」

「10個持ってたとしても、使い切ってイベント行くのはね……」

「あ、お姉ちゃんと2人でやれば5個で済むのか」

「使って使われるだから……そうね。でも蘇生受付時間あるでしょ」

「あ、そっか。蘇生薬あるー？」

「イベントに備えて勿論あるし、素材も持ち込んでイベント中にも作る予定」

「さすが！」

【リザレクション】をイベント前に覚えるために、さっさとお昼ご飯を終わらせます。


そして午後のログイン。

侍女に頼んでいた蘇生薬と聖水の素材をインベントリに放り込み、蘇生薬の個数を確認して……まあ、大丈夫でしょう。

そしてフレンドからいつものメンバーにメッセージを飛ばします。それぞれのＰＴから《聖魔法》を覚えている人を派遣してもらいましょう。

それと、ソロ組にもですね。天使のキューピッドさんと……あれ、キューピッドさんだけ？　だけ……ですね。フェアエレンさんもクレメンティアさんも、ミードさんなども《聖魔法》は使っていなかったはずです。駄犬さんは闇だし、ゆらさんも両手斧《おの》。ふむ……。

……これで良し。集合場所へ向かいましょう。

「あ、ターシャです！」

「あれ、全員来たんですね？」

「このタイミングだと他にすることないもの」

《聖魔法》を持っているアビーとドリーさんだけでなく、エリーとレティさんも来ていました。

そして他のＰＴも全員来ていますね。

「おう、やることないからな」

「案の定委託から蘇生薬が消えてたわ」

スグとトモですね。まあイベント目前ですから既に準備は終えて、後は開始を待っている段階だったので、全員集合。まあ、起こされた人はしばらく蘇生を受け付けないデバフが付くので、人がいるのは良いことです。イベントが始まるまでに、全員が取れるようにしないとですからね。

やり方は簡単。決闘モードでＨＰを１にして、ウサギさんやウルフに殴られて死ぬだけ。狙ってやれば結構楽に覚えられます。

「うーん……詠唱長めでＭＰ消費重いね」

「そうですね。しかも蘇生薬の方が復活時のＨＰ多い」

「私は弓もあるからありっちゃありかー」

キューピッドさんはそうなりますか。

高品質蘇生薬の自作ができる私からすれば、蘇生薬が尽きた場合の蘇生手段、もしくは……余裕がない時用に蘇生薬を温存するか。結構悩ましい状態ですね。ＭＰは攻撃に回したいところですし。

「拙者達は全員柔らかいから助かるでござるな！」

ムササビさんのところは全員ＮＩＮＪＡですからね。それはそれで凄いのですが……。

「保険ができたのはありがたいよ」

「だな！」

セシルさんとルゼバラムさんが言うように、良い保険にはなりますね。今のところ蘇生薬を使い切るかつ、蘇生受付時間のデバフが切れるような長時間戦闘はありませんけど。

「おっと、もうすぐだし戻ろう！」

そうですね。こたつさんが言うように戻るとしましょう。

イベントがあるから、結構な人数が始まりの町に集まっていました。今は北門ですが、ここに来るまでに見ましたからね。更に時間が経っている今はもっとのはずです。……つまりアピール時なわけですよ。一号を肉塊で召喚して、上に座って中央広場へ向かいます。

「お姉ちゃんが目立ちすぎて笑える」

「あなたは神を信じますか？」

「この世界で信じないとか言ったら、グーパン飛んできそうじゃない？」

「……ふむ、確かに。このワードはこの世界では相応しくありませんね。神託とかあるし」

なんてことを話しながらぞろぞろと町中へ。

これだけ存在感あれば、双子も見つけやすいでしょう。まあ、私にＷｈｉｓ飛ばした方が早いんですけど。

「姫様めっちゃ目立つやん」

「ごきげんよう、フェアエレンさん」

「おっすおっす！」

「どうですこのアピール力」

「完全に悪役なんだけど、上に座ってるのが目隠しシスターでなんとも言えない」

「おーい姫様ー！　ＰＴくれー！」

「アルフとスケさんだ」

フェアエレンさんと話していたら、下からアルフさんが声をかけてきました。２人にＰＴを飛ばしておきます。

「フェアエレンさんＰＴは？」

「今回もミード達と組むー」

「となると、クレメンティアさんもですか」

「そうよー。それと駄犬」

「モヒカンさんは？」

そう言えば最近どちらもお会いしていませんね。

「奴は今回別ー」

「『姫様いた！』」

おや、双子が来ましたね。

「ごきげんよう」

「『ご機嫌 麗《うるわ》しゅう姫様！』」

「おや……」

「『むふー』」

　多少調べたのを実行したんでしょうけど、最後でドヤ顔しちゃってるのであれですね。まあ、可愛いですけど。

「『ＰＴ空いてる？　空いてる？』」

「ちょっと待ってくださいね。一応確認取るので」

「『あいさー』」

　ＰＴにいるアルフさんとスケさんに確認を取ってから、双子をＰＴに誘います。

「姫様今回のＰＴ名は？」

「ＰＴ名ですか？　『泣くまでいびろうホトトギス』……ですが」

「つまり血を吐くまで泣かす……と、無慈悲！」

　フェアエレンさんの質問に答えつつ、ＰＴ欄を見ると……中々早いですね？

「もうすぐ40ですか。早いですね」

「『経験値増加あるから！』」

「ああ、そう言えばそうでしたね」

　この２人の装備が経験値微増効果持ちでした。そのためＰＴにいてくれた方が美味《おい》しい。

　普段から私達と組むには少々問題があり、２人が二陣のため私達より遅れている。ＰＴ組むとあまり差が縮まらないので、ある程度頑張ってもらう必要があります。

　このゲームに限らず、基本的にレベル差のあるＰＴはよろしくありません。何かしらにデメリットが付きます。しかし……ベース的にはもう組めるレベルですね？

このゲームは10レベ差までは特になにもありませんが、プレイヤー間での推奨は5レベぐらいです。それはなぜかというと、持ってるスキルとそのレベルが重要だから。ベースレベルがそのレベルなら、スキルはこのぐらいだろう……という目安にしかなりません。

「2人とも、今一番高いスキルレベルはいくつですか？」

「「えっとねー……43！」」

「高いね。ベースは40手前ぐらいじゃない？」

「「そだよー！」」

フェアエレンさんの様に大体察せるわけですね。ベースが40手前で、大体2次の40ちょっと。ベースが40後半で、3次突入ぐらいです。2次のキャップが60と考えると、上がりづらくなってますね。

貰《もら》える経験値は自分と敵のベースレベル依存。自分より下は下がっていき、上だと増えていく。ある程度上になるとボーナス量も減っていくので、程々の格上が一番美味しいわけですね。

ベースはPT組んで近くにいれば経験値が入りますが、スキル経験値は使用しないと経験値が入りません。つまりパワーレベリングをしてしまうと、後半が地獄。

まあ、このゲームは1人1キャラなので、パワーレベリングする必要があまりないのですが。

「今回のイベントでどのぐらい貰えるか分かりませんが、今後はダンジョンとかのレベル上げでもPT組めそうですね」

「「頑張る！」」

「スキルレベル考えると今でも十分じゃない？　確か11以上は減衰かかるけど誤差レベルだったよね？」

「11～15は5％とか10％でしたね。16から無視できない数値になった気がします」

「だよねー。まあ、差があると戦闘が辛いからね……」

この場合、狩り場は私達の場所に行くでしょうから、双子は大体10レベ上と戦うことに。レベリングは連戦なので、集中力が保たないでしょう。

前回と同じく、始まりの町上空に主張の激しいカウントダウンが表示されていますが、10分前になりますね。恐らくもうすぐ転移可能になるでしょう。


〈イベントフィールドへの転移が可能になりました〉


「お、開いた！　じゃあまた会おう姫様！」

「また後で」

私達もＵＩからイベントフィールドへ転移するとしましょう。

〈イベントサーバーへ接続……順番待ち……完了〉

〈イベントに必要な情報を取得中……完了。第一サーバーに決定〉

〈イベントフィールドへ転移準備中……〉

そう言えばサーバー分けすると言っていましたね。割り振りを決めてから転移なので、少し変わったんですか。

ＵＩにカウントダウンが表示され、０になると転移されました。

……平原？　プレイヤーが沢山転移してきますけど、範囲内に人工物が見えませんね。私の視界の仕様のせいだと思いますが。

そして夜ですか。夜明け後少ししてイベント開始……でしょうか？

「おっす姫様！」

「さっきぶりですね、フェアエレンさん」

「見覚えあるのが多いから、一陣が纏《まと》められたかな？」

「ゲーム開始時による割り振りですか？」

「多分？」

「双子連れてきちゃいましたが……シティイベントなら大丈夫ですかね……」

「大丈夫でしょ。想定してないとは思えないし」

それもそうですね。

一陣にアピールしても仕方ない……というか今更な気がするので、降りましょうか。一号を送還して《座標浮遊》で地上へ。

そして触手を座れるようにして、堂々と座りましょう。

「マジ裏ボス」

「これの問題はですね。一号の触手と違って時間で強制送還されてしまうことです」

「つまりずっと座ってるとひっくり返る」

「はい」

さすがに残しておくのはあれですから仕方ないのでしょうが。

かと言って、キメ顔で座っている時に触手が消えてひっくり返るのは少々……どころではなく、圧倒的ダサさなので避けねばなりません。

「やほやほー」

「お久しぶりですね、クレメンティアさん」

「お久しー！」

やっぱり纏められたんでしょうか。まあ、ゲームは同じぐらいの人と遊ぶのが一番面白いですからね。その方がバランス調整簡単でしょうし。

「はーはっはっは！　俺だぁ！」

「おはようございます。三武《みたけ》です」

「10分前行動の君達に早速説明をしよう！」

イベントで毎度おなじみ、八塚《やつづか》さんと三武さんですね。

10分前に鯖が開いたので、既に8分前ぐらいですけど。

「今回のイベントは告知していた通り、町中がメインのイベントになります。この町はイベント用に作られた町で、イベント終了後に行き来はできなくなります。設定は表……普段のゲームサーバーと同じなので、職業や立場といったものは同じ効果を発揮します」

「勿論町だけじゃなく、町に住む住人達もイベント専用だ！　表へのフィードバックは考えないでいいぞ！」

逆に言えば、普段ならフィードバックを考えるレベルの何かが起きるのでは？

「今回のイベントは少し前にあった防衛戦と同じ、サーバー分けがされています。基本的には第一陣や二陣といった分け方がされているので、見覚えある人が大半でしょう。例外は混合のＰＴですね。それと掲示板も同様の処理をします」

「サーバーの番号が若いほど人数が減るが、その分長くやっている者達！　番号が大きくなると人数は増えるが、始めてそんな経ってない者達だ！　サーバー番号による難易度の差はない……が！」

「今回のイベントは大元が複数あり、サーバーごとにこの後ランダムで選ばれます。現状住人のＡＩは全て停止状態であり、開始2分前に大元が選ばれ、住人達が動き始めます」

「何が選ばれるかは俺達も分からんから楽しみだ！　大元に選ばれなかったものも情報は消えず、ミスリードとなるから頑張ってくれよな！」

「シティイベントは情報が全てです。積極的にエリアの探索、組合の依頼で狩りや採取、住人からの依頼を進めましょう」

「今回総隊長とかはないから、ユニオン組むなり好きにしてくれ！　得た情報はイベントＵＩで、全員に自動的に共有される親切設計だ！　逆に言えば自動共有されないものはミスリードですらない関係ない情報だ！」

「事前情報はこのぐらいになります。後は試行錯誤しながら楽しんでください」

「イベントが終わり次第、全鯖の掲示板を見られるようにするぞ！　動画は編集が終わり次第公開していく予定だ！」

　重要なのは……鯖番号による有利不利はないが、この後選ばれるイベント次第で鯖ごとに難易度は変わる……と。

　一番参加人数が少ないのが今いる第一サーバーだが、大半が一陣なのでステータス的には一番高い。情報収集は大体人数が肝なので、その辺りは割とキツイですね。長くゲームしてる奴らなので、上手くやれということなのでしょうけど。何かしら職業に就いている割合も一番高いはずなので、そちら方面でも情報入手が期待できるはずです。

　今回総隊長とかはなく、イベント関係の情報を手に入れたら強制的に共有される。ただし中にはミスリード情報あり。

　このぐらいですかね。

　1人の女性が『はいはーい！』と手を挙げて……あ、ゆらさんですねあれ。

「ゆらさんですね。どうしました？」

「私二陣でソロなんですが……」

「えっと……上位何割かは上の鯖に入ることもあるようですね。二陣のゆらさんは一陣と。三陣の上位層は二陣と……といった具合です」

「そのランキングの基準はなんですか？」

「基本的にベースとスキルレベルですね」

それぞれのトップ層は追いついてる感じですかね？

ん、モヒカンさんと美月《みつき》さんだ。もう1人女性が……いや、システムが男だと言っていますね……。モヒカンさん1人でも濃いというのに、あのＰＴの濃さ。

ヒャッハー系良い人、チャイナの男性、ワンピースの……青年というべきか。３人とも似合っているのがまたなんとも。

一陣と二陣の上位層が纏められたということは、私のフレンドは全員いるんですかね。フレンドリストに接続鯖は……出てますね。全員第一なのでどこかにいる。

とりあえず……ＰＴメンバーと合流ですかね。

「姫様ー！　総隊長云々《うんぬん》はともかく、ユニオンよろしく！」

「あ、はい」

ユニオン名何にしましょうかね……。んー……シティイベントですから……。よし、パラノイアネタにしますか。これだと2文字オーバーですか。これで……入りますね。募集コメントはいつも通りで良いでしょう。

『Sランククリアのためなら努力と協力を惜しまない人用。ユニオンメンバーの悪意ある妨害は、できればPT追放前に動画を付けてリーダーに。複数のPTリーダーで確認後、ユニオン追放とブラックリスト入り』

これでよし……っと。ではいつものメンバー……まずはフレンドPTを入れましょう。

「作りましたよ。『市民の幸福は義務です、トラブルシューター』」

「あの町はアルファコンプレックスだった……？」

「ちゃんと協力できるか怪しいユニオン名してるね」

「なにか不満ですかトラブルシューター」

「『滅相もない！』」

フェアエレンさんとセシルさんのPTを入れ、フレンドが入ったら自動許可に変えてっと……。

ユニオンに入ったことでマップで場所が分かるため、ぞろぞろと集まっているうちに2分前になりました。

「お、住人が動き出したな！　そう言えばイベント開始後だと、直接町中の立像に転移するぞ！」

「俺らはポータルの開放が必要かー？」

「不要だぞ！」

現状開園前の入り口みたいな状態になっていますからね。

「では楽しんでくれたまえ！」

「我々は一旦下がります」

ＧＭの２人が溶けるように消え、約1分半の開始待ち。

「方針どうする？」

「とりあえず自由行動ではござらんか？」

「それで良いだろ。ＵＩに共有されるような情報が入り次第、そっち優先で」

合流したこたつさん、ムササビさん、ルゼバラムさんですね。私もそれでいいと思うので、特に何も言いません。

自由行動にしてもＰＴ単位での移動でしょうか。うちのＰＴは冥府組として動けるので……私が微妙に違いますが、間違ってはいません。冥府だけではないというだけで。

「ヒャハハハ！　良いイベント日和だなぁ！」

「ようモヒカン」

「セシルちゃん今日も美しいわぁ～。皆もお久しぶりぃ～」

「え、ええ。美月さんも相変わらず美しく……」

セシルさん、標準搭載の笑顔を引き攣《つ》らせつつも律儀に返すんですよね。挨拶されてるだけだし、強引に来ることはないので無下にはしづらいのでしょうが。そのうち……慣れるでしょう。

先程も見かけましたが、モヒカンさんＰＴのもう1人の男性。中性的な顔立ちをしていますね。体格も小柄気味なので、特に違和感がありません。

ん、リーナとトモスグＰＴも来ましたか。

「紹介しとくぜぇー？　二陣の歩だ。歩くの漢字であゆむ」

「この格好の理由は私とは少し違った方向ねぇ～」

「コンプレックスとまで行くかはあれですが、この顔でこの体格なので……よくからかわれまして。文化祭とか特に。それで美月さんを見て、ゲーム内だしいっそ……というわけです。よろしくお願いします」

「『ああー……文化祭な、うん。よく分かるノリだ』」

男性陣はとてもよく分かるようで、頷《うなず》いていますね。

私も別の意味でよく分かりますが。

「生まれ持ったものはどうにもなりませんからね……。いかにポジティブに捉え、逆に武器として利用するか……が肝でしょう」

「お姉ちゃんはもう越えたところだねー。おっす！」

「そうね。私の場合は特に武器にしやすかったのもあるけど、これぱかりは本人の捉え方と性格の問題だろうから……」

「流れで無理に言う必要もないのよぉ～？」

「問題ありませんよ？　過ぎたことですから。お母さんは日本人でお父さんがイギリス人。私がお父さんの、妹がお母さんの……とガッツリ別れたんですよ。ゲーム内で黒髪なのは、私がリアルで黒ではないので新鮮だったんですよね」

子供は無邪気故に残酷である。蟻《あり》の巣に炭酸飲料を流し込む程度には。

その子供達が、周りと色の違う私をスルーするわけもなく。まあ……私も大人しくなんてありませんでしたが。周りが子供なら私も子供。当然ですよね。

「ハーフ姉妹だったのか。……それで放送があの英語か！」

「いえーい！　英語圏と日本人の視聴者でうはうは」

「髪と目の色で容易に目立てて、更にこのスタイルと思えば武器にするしかないでしょう？　勿論努力してこそ今のスタイルですけど」

「良いわね！　やっぱりそうじゃないと！　私からすれば大体の悩みは些細《ささい》なもんだわぁ～！　本人からすりゃ深刻なんでしょうけどぉ～？」

美月さんが言うとこう……うん。物凄い説得力というか、反論の余地がない。反論する必要も、意味もないですけどね。

本人の悩みなど、本人にしか分からないのですから。

「ヒャハハハ！　こいつも最近は楽しくなってきてるようだけどなぁ！」

「最近の悩みは出費が嵩《かさ》むことかな？　戦闘装備は男物で、ファッション系は女性物にしてるから」

「ウジウジするぐらいなら金策に駆け回ってりゃ良いのよぉ～」

「いっそのことゲーム内で慣れて、次の文化祭で女装ガチ勢すれば良いんですよ。何人か落とししょう？　実に面白い反応してくれると思いますけど」

良い弱みが握れそうですね……と言ったら引かれました。解せぬ。

「姫様……あんた結構あれねぇ？」

「からかって悩ませた結果ですよ。甘んじて受け入れてもらいましょう。きっと咽《むせ》び泣いて喜んでくれますよ」

「ま、自業自得でしょ。そろそろ始まるよ」

あ、セシルさんもなんか思うことありそうですね。ゲーム補正があるとは言え、あの顔ですし。

……掘り下げませんけどね。ちょっといつもの笑顔が黒い。

イベントが始まり皆が町へ突撃していく中、スケさん達とのんびり歩いて向かいます。双子は浮遊ですけどね。

「まずはどうしますか？」

「んー……町の全体像はどうせすぐ分かるだろうから、走り回るのは任せるとして……俺ら的にはまず教会？」

「姫様のあいさつ回りに付いてけばいいべー？」

「良いよー？　おまかせー」

「ではまずは教会へ行ってみましょうか」

教会そのものに関する情報は、逆に得づらくなる可能性が地味に高いんですけど。自分の所属する組織の問題を、外なるものに言えるか……という。

ま、行きますけどね。こっち方面は我々ぐらいしかいないでしょうし。教会そのものに関しては聖職者のプレイヤーがいるので、そこから情報が入るでしょう。エルツさんのところにいた聖火の人とか。

町の方へ近づいていくと、畑が見えてきました。かぼちゃやら作物が生《な》っており、カカシがかぼちゃ顔。よくあるハロウィンイベント仕様ですかね。

見えてきた町もハロウィン仕様。明かりにくり抜いたカボチャを被せ、マントみたいに布をかけたりしてあります。

ぞろぞろと町へ入り、とりあえず中央広場を目指します。

「カボチャはハロウィンなんだが、色がハロウィンっぽくないぞー？」

「こっちの世界特有だな？」

スケさんとアルフさんの言葉につられて色に意識を向けると、飾り付けで使用されているのは橙《だいだい》と黒、青と緑ですか。

「「色って意味あるのー？」」

「あるぞ。何かまでは忘れたが……調べれば出るだろ」

橙はカボチャ、火、魔除け。

黒は夜の闇、魔女やコウモリ、黒猫。

紫は超自然的な力や魔法。

白はおばけや骸骨。

赤は血や危険。

緑は毒や怪物。

「橙と黒はそのままと言えるでしょうけど、青と緑は……ハーヴェンシス様が由来でしょうか？」

「豊饒《ほうじょう》側の色かー」

リアルだと白、赤、緑を飾ることは意味合いからしてないでしょうけどね。思いっきり仮装する場合に使う色な気がしますし。

「しかしそう見ると黄色が使われていないのが気になりますね」

橙はカボチャに火、黒は夜の闇。魔女はこの世界だと薬師ですし、使い魔の黒猫も特に連れていませんでしたからね。

緑がハーヴェンシス様自身の色……髪や目の色ですね。青は水でしょうけど、土の黄色は？

「あれじゃね？　カボチャが橙じゃなくて作物。土の黄色」

「ああ、そういう捉え方ですか」

橙が火。

黒が夜の闇。

青が水。

黄がカボチャ。

緑がハーヴェンシス様。

「答え合わせはこれから行く教会ですれば良いでしょう」

中央広場も当然イベント仕様。ステルーラ様の立像は変わらず鎮座していますが、近くに結構な広さのスペースが取られていますね。

私……気になります。

「すみません。ここはなんのスペースでしょう」

「木を組んで火を付けるのさ！　そろそろ木を組み始めないとな」

焚《た》き火《び》とかではなく、キャンプファイアー規模ですね。

捕まえた住人をリリースします。……声かけて聞いただけですけど。

「キャンプファイアーの組み立てクエストありそうだねー」

「筋力系か。確かにありそうだな」

「とりあえず目立つ物は分かったので、教会行きましょうか」

「あれだな。どこの町も教会はすぐに分かるから楽よな」

「「いかにもって見た目！」」

ということで、始まりの町とかと同じデザインの教会へ。大きな町なら大体テンプレ建物ですね。あくまで一般開放されている礼拝堂区画は……ですけど。

私を先頭に、アルフさんとスケさんが少し後ろの両サイドに。２人の間の頭上に双子が並び、教会へ向かいます。

「確か異界のお祭りに異人達が興味を持って参加……という設定でしたね」

「ロールプレイヤー向け情報にはそう書いてあったねー」

「その方向で話を進めようと思いますが、構いませんよね？」

「ええぞー」

「「おまかせー！」」

ではその方向で話を進めるとしましょうか。

「聖職者の身分は刺繍《ししゅう》の色で判断してください。赤、緑、灰、金の順です」

「「了解」」

「「喋《しゃべ》らないから！」」

「まあ……双子はそれで良いだろ」

「だねー」

会話は基本的に私が進めるでしょうから、それで良いでしょう。

チリン……。

《情報が共有されました》

風鈴の様な音と共にログが流れ、イベントに関係のある情報が共有されたようです。皆走り回っているでしょうから、しばらくはチリンチリン鳴ってそうですね。

「今回の祭りは収穫祭である……だって」

「知ってた。お？　無地のシスターがこっちを二度見して駆け込んでいったな」

「であえであえー」

「それだと敵対するんだが？」

明らかに不死者な４人が、一見人間の私と歩いてくるんですから、おえらいさんを呼びに駆け込んだのでしょう。

無地ということは聖職者見習いである修道士《モンク》や修道女《シスター》ですからね。

「恐らく司祭《プリースト》……いや、町の規模を考えると司教《ビショップ》がいますか。今回のイベントも考えると大司教《アーチビショップ》がいてもおかしくなさそうですね？」

教会前まで来ると灰色刺繍が出てきました。

「これはこれは、不死者の方々とお見受けしますが……」

「ごきげんよう。異人としてお邪魔させてもらいますので、今回は顔を見せに」

「そうでしたか。今回は賑《にぎ》やかになりますね。大司教が滞在しておりますが、お呼びいたしましょうか？」

やはりいましたか。裏で書類仕事で、司教が現場監督みたいなものでしょう。

イベント特設マップらしいですが、扱いは表と同じとか言っていましたね。となると……会っておいた方が色々穏便に済みますか。

「裏で書類仕事中ですよね？　こちらから行きましょう。スケさん達はどうしますか？」

「んー……姫様が会いに行くならいらんでしょー。周りに話でも聞いてようか」

「立場的に護衛とかいなくても良いもん？」

「支配者……王ということだけで考えると必要ですが、細かな立場や存在的に考えると不要かと」

ということで、１人で行きましょう。司教《ビショップ》に案内してもらい、礼拝堂から奥へ。

「その服装、ネメセイア様ですよね？」

「ええ、そうですよ。アナスタシア・アトロポス・ネメセイアです」

「ビショップ・ベリエスと申します。お会いできて光栄です」

うん、挨拶と相手の確認は大事ですよね。


シンプルながらしっかりした造りの扉の前で止まり……。

「ついここまで来てしまいましたが、別の部屋にご案内するべきでしたね……」

「……修羅場ですか？」

「ネメセイア様どころか、お客様を招けるような状態ではなかったような……」

扉を案内のビショップ・ベリエスがノック。

「どうした？」

「ベリエスです。ネメセイア様をお連れしましたが……部屋、大丈夫ですか？」

「……いや、とてもダメだ。今出る」

「分かりました。……申し訳ありませんネメセイア様」

「構いませんよ。先触れもしませんでしたからね」

ビショップ・ベリエスがとても申し訳なさそうですが、まあ……絶賛お祭り中ですからね。処理しないといけない書類も多そうです。

中から金というか、黄色刺繍のローブを身に纏った男性が出てきました。

扉が開いた時にちらっと中が感知範囲に入りましたが、書類の山が複数できてましたね。

挨拶は後回しにして、とりあえず場所を移動。無事な一室に移動してから改めて挨拶です。

「エドヴァルドと申します。位はアーチビショップになります」

「アナスタシアです。外なるものであり幽世《かくりよ》の支配者ですね。お祭りの間この町に滞在する予定なので、顔を見せに来ました」

立場が上なので内容に気を使う必要がありますが、言葉遣いは雑で良いのが楽ですね。

軽く雑談をしてお茶をもらい、早々にお暇します。書類、積み上がってましたからね。雑談はビショップ・ベリエスとしましょう。

礼拝堂へ戻りつつ、気になったことを。

「ビショップ・ベリエス。このお祭りにはどういった意味があるのですか？」

「このお祭りは二つの意味があります。一つは収穫祭であり、ハーヴェンシス様への感謝を。もう一つは地上と異界の境界が曖昧になるため、火を灯すのです」

収穫祭はそのままに、死者が復活する……を異界との境界としたんですね。

「昔からこの時期はこういった言葉が残っているんですよ」


光を望むは生者の証。

闇を望むは死者の証。

生者は光を求めて火を灯す。

死者は闇を求めて背を向ける。

火を指標に光の道を歩むべし。

影を指標に闇の道を歩むべし。

曖昧にして強固な境界。

光と闇は寄り添えど、決して溶け合うことはない。


「この祭りの間、1人での行動はお勧めいたしません」

「……なにか実害でも？」

「小さいのは悪戯から、大きいのは行方不明者でしょうか」

「死者に誘われると……？」

「死者……かは分かりかねますが、色々と不思議なことが起きるのですよ。今日から3日かけて行われますが、段々規模が上がっていくのです」

「では3日目がピークですね？」

「ええ、一番境界が曖昧になるのでしょう」

チリン……。

《《情報が共有されました》》
風鈴の様な音と共にログが流れ、イベントに関係のある情報が共有されたようですね。

「冥府と繋《つな》がったところで、冥府の魂達が生者を誘うとは思えませんね。懐かしみはするでしょうが……それぐらいでしょう。となると奈落の魂達か、野良か……」

「生者が死者を忘れられず……ということもあるでしょうね……。そう言えば、行方不明以外にもおかし……いえ、以前よりかなり変わってしまう方もいましたね」

「以前よりかなり変わった……異界……異界？　深淵!?　……ステルーラ様信仰の外なるものを見てしまいましたか？」

「そ、それは……なるほど……」

「断罪でこちらに来た場合ならともかく、向こうを覗《のぞ》き見てしまった場合は……」

基本的に断罪で地上へ来た場合は、周囲の影響を考えてオーラはしまっていますし、来るのは精々1体です。しかし彼らのホームである深淵を覗き見た場合は……もう事故としか言いようがないですね……。

なんとも言えない空気になったので、話を変えましょう。

色について答え合わせしたら合っていました。黄色はカボチャが担当しているようですね。

「お、姫様もう終わった系？」

「ええ、大司教《アーチビショップ》に挨拶は終わりましたよ」

「領主の話を聞いたけど、挨拶は行くかい？」

「領主ですか。立場的には教会以外どうでも良いですかね」

教会への挨拶も自主的にやっているだけですけど。他に挨拶行くなら王様ぐらいではないですかね……。ぶっちゃけた話、あまり下の爵位の人間とコネを持ったところで意味がない。影響力の問題ですね。

「爵位は？」

「クルト・フォーセル伯爵だとさ」

「フォーセル伯爵家ですか」

情報収集という意味では行った方が良いですかね。しかし面倒なのもまた事実。とは言え、領主から楽に情報を入手できる立場なのは間違いなく。

……問題が起き始めてからでも良いですかね。大司教《アーチビショップ》と司教《ビショップ》とは繋ぎとりましたし。

「挨拶回りより、早く探索に出たいですね」

「じゃ、町歩くか。せっかくのイベントだしな！」

「この共有された情報、姫様が出したやつだよねー？」

おっと、まだ確認してませんでしたね。

このお祭りの基本情報として共有されたようですね。収穫祭だけではなく、異界との境界が曖昧になるなどの詳細情報まで載りましたか。恐らくこの項目でのこれ以上の更新はなさそうですね。

ちなみに町の名前は『ハワード』らしいです。狙ってきてる気がしてなりませんが、マジでがっつりクトゥルフ系のイベントでしょうか。サブタイトルも冒瀆《ぼうとく》ですし……つまりホラーですね。

楽しめれば何でも構いませんが。

よし、町に繰り出し探索です！

07　ハロウィン　1日目

気になるとすれば異界との境界って、時空間と亜空間とは違うんでしょうかね？　これはただの人に聞いても認識すらできてないはずなので、聞きませんけど。今のところこれといって気になる感じはしません。

まあ、教会を出て再び中央広場へ。

「立像のところにいるイベントNPCから、アバターとかを交換できるらしい」

男性NPCから男物を、女性NPCから女物を交換できるようですね。まあ、近くにいればイベントUIから交換できるみたいですけど。

ヴァンパイア、ミイラ、キョンシー、ゴースト、魔女などなど……典型的なハロウィン仮装アバターですね。

「これ、ゴーストじゃなくてメジェド様だろ」

「確かに！」

近くにいた他のプレイヤーが爆笑しているのが気になるので、私もゴーストをプレビューしてみましょう。

……ふふっ。まあ、白い布を被ればそうですね。幽霊と取るか、メジェド様と取るかは人次第ですか。

「うわ、しょごたんキモ⁉」

「誰得だこれ！」

……しょごたん？　ああ、これですか。ゴーストの白い布ではなく、黒っぽい玉虫色の布に、大量の目が描かれたやつを頭から被るようです。ジャック・オー・ヘッドという被り物アバターもありますね……。

他にはパンプキンパイにシチューの料理と、その料理レシピ。更にかぼちゃ型クッキーの型なんかもありますね。

交換するためのハロウィンチケットは、住人からクエストを受けると情報などとは別に、システム報酬で貰《もら》えるようです。

「アバターは不要としても、一応レシピと型が欲しいですかね」

「チケットが余ったら交換だけして、倉庫の肥やしだねー」

「常時仮装してるようなもんだしな、俺ら」

「『幽霊！』」

人外種ですからね……。

「北東と南西に館。中央広場東側に組合が並んで、西に教会。開始前にいた平原が西で、南が山、他は森だってさ」

飛べる人が中央広場上空で、ぐるっと2回見渡した動画が共有されたようですね。私も飛べますが、私の視界では町全体をカバーできないので、私も動画を見るとしましょう。

「領主の館の場所は聞きましたか？」

「北東の館だってねー」

「では南西の館が謎と」

南から東にかけて山。つまり東の森は少し奥へ進めば山にぶつかりますね。

「南の山って鉱山ですかね？」

「可能性はあるねー。そこそこの数の家から煙出てるし」

鍛冶屋の黒煙ですね。設備が良くなる程魔動式になり、煙はなくなるようですが。高い設備は性能が上がり、薪等の外部燃料を使用せずにマナを使用して動く。煙突が吐き出す物ではなく、空気を吸い込む物になるわけですね。

つまり煙突から黒煙をモクモクしている時点で、普通の設備と分かるわけです。魔力品の加工には向かない鍛冶屋ですね。普通の鉱石を加工する分には問題ありませんが。

まあ、重要なのは別にそこではなく。

「南は職人街的な場所でしょうか」

「そうらしいね。西が商業区っぽい」

ＵＩを見ながらアルフさんが言うので、どうやら掲示板に情報が出ているようですね。基本的なことは既に判明していそうなので、お使いクエストを探し回るべきか。

「この段階なら単独でも良い気がしますが、どうしますか？」

「探すという意味では別れた方が良いだろうけど……」

「他にプレイヤー沢山いるからねー」

「確かに……しかし問題は、私といるとクエストが受けづらい気がすることですかね」

「王に頼む勇気！」

お使いクエストやってませんからね。立場によるデメリットでしょう。その分、別のクエストが発生するので、トントンなのでしょうが……発生頻度が違いますよね。そう頻繁に私案件ってどうなの？　になりますし。

ということで、ＰＴクエストを発見するまでは自由行動にしましょう。別行動しても４人も不死者なので、こういう系弱いですね？


冒険者組合のクエストでも見てみましょうか……。

組合もテンプレ建物なので、特に目新しいところはありません。辺境といえば辺境なので、住人の冒険者の数はそうでもないんですかね。

おや、セシルさんが木人殴ってますね。見慣れない武器で……。亜空間を通ってセシルさんのいる訓練場へ向かいます。

セシルさんの持っている武器は光剣ではなく、あれですね……強化値の高い武器。つまり、武器が光ってる。

「お？　やあ姫様」

「ごきげんよう。このゲームも強化で光りましたっけ？」

「いや、これは別物」

「見てて」と、木人に向かって両手に持っていた光る剣を投げました。……外してますけど重要なのはそこではなく、投げられた剣が砕けるようにして消えました。「やっぱり《投擲《とうてき》》取ろうかな？」と言いつつ、セシルさんがこちらを向きます。

「【ディバインコール】から……【ダブルコール】」

「おぉ……まさかの武器召喚系ですか？」

【ディバインコール】でセシルさんの右手の少し前が光り、そこから引き抜くように動かすと先程投げた剣が出てきました。

そして【ダブルコール】で右手に持っている物が複製され、双剣に。

「少し前にシグルドリーヴァ様から祝福貰っちゃってさー」

「それでそのスキルが？」

「レアスキルだから条件は分からないんだけど、恐らくね」

「私は祝福でスキル増えてませんね……。種族には関係ありそうですが……」

祝福でレアスキル解放……良いですね。シグルドリーヴァ様は戦の女神。セシルさんは純戦闘系ですし、ギルマスでもあるので気に入られる可能性はありましたね。

「問題はこれが種族スキルに分類されてることかなー」

「……人間の？」

「そ、人間の」

人間の種族スキルですか。種族と言ってもかなり特殊なものですね。

「神器のコピー品を召喚するスキルらしいね。召喚具と書いてサロゲート」

「《召喚具《サロゲート》》ですか。ということは特殊能力ありますね？」

「今はただ見た目が派手な剣かな。多分スキルレベルが足りてない。ちなみにこの剣はアンサラー。フラガラッハの別名っぽいね」

「フラガラッハですか。普通に神話の武器名を持ってきましたね」

「他にもミストルティンやブリューナクが選択肢にあったけど、スキルがね」

神器は1個だけ選べたようです。セシルさんはずっと剣ですから、持ってるのは《片手剣術》。ミストルティンとかコピーしても困るでしょう。

「そう言えば人間だけど、隠し補正がそこそこ分かってきたっぽいね」

「やっぱりあるんですか？」

「判定系が他種族に比べ少し緩いっぽい？　型で検証できる程度には」

「ステータスではなく操作面と来ましたか」

初心者向けとも取れますが、判定系が緩いなら普通に強いですね。型の判定が緩いなら、他よりDPSが出しやすいとも取れますし。

戦闘技術で戦うなら人間、ステータスでぶん殴るなら他種族になりますかね。ステータスでぶん殴り、属性で殴られるのが人外種ですが。

「組合に待機してても特に何もなさそうだし、探索行こうかな？」

「昼間に動いて夜待機が良さそうですね」

「この基本情報は姫様？」

「挨拶しに行った際に司祭に聞きました。大司教がいましたよ」

「教会が主体だって聞いたけど、こっちの世界だとハロウィンは神事なのかな？」

「そうですね。収穫祭なのでハーヴェンシス様に対してのお祭りかと」

手伝うのは構いませんがステルーラ様がメインではないので、積極的に口を出したりはしません。精々協力者ぐらいでしょう。


召喚具であるアンサラーに慣れるため、とりあえず木人をぶん殴っていたセシルさんと組合のロビーへ戻り、依頼板を確認します。

「依頼自体は普通にあるし、討伐依頼達成でもチケットが貰えるらしいけど……イベント的にはいまいち貢献しなさそうだよね」

「逆に言えば、チケット狙いなら今のうちでは？」

「今なら余裕あるか……俺的には特に欲しいのなかったけど」

「料理系ぐらいでしょうか……」

基本的にはイベントアバターがメインなので、ＲＰ勢は特に不要ですね。

「いや、ヴァンパイアはありですかね？」

「ただでアバターが手に入ると思えばあり……かな？」

「あの方向で良いならですけど」

討伐系は周辺の魔物や森の魔物、更に鉱山の魔物ですね。まあ、組合は他と大して変化ないと思っていいのでしょう。システム的にハロウィンチケットが報酬に追加されているだけで。

「掲示板に続々と情報が出てるけど、キーの情報じゃないんだよなー」

「キャンプと違って4日と短く、どうもクライマックスは3日目……にも拘《かかわ》らず、このキー情報のなさですか」

「どうしたもんかね？」

そろそろ何かしら行動を開始しましょうか。となると……ＰＴチャットですね。

「何か見つけましたか？」

『いやー？』

『これと言ってないなー』

『『みんな忙しそう！』』

「依頼板見てみましたが、敵のレベルは格下ですね」

後続組に合わせられているのでしょう。少しでも一陣に追いつけるようにですかね。私達が狩る意味は少し薄い。

『じゃあまだ歩き回るかなー』

『双子からしても格下？』

「同レべぐらいから格下ですね」

『『じゃあ良いや！　町回る！』』

　私は地味に欲しいのがあるので、多少チケットを稼ぎたいですね。

　やるなら……中央広場にあるキャンプファイアーか。木材運びでチケット貰えるようですからね。

「今後の方針は決まったかい？」

「キャンプファイアー用の木材運びですかね。どうも立場的に、不死者はシティ系に弱い気が」

「高すぎる立場も考えものかー」

「他のゲームだと勇者だろうが英雄だろうが、パシリに使うんですけどね……」

「ゲームの突っ込んではいけない部分ね……」

　英雄相手に『夫がお弁当忘れたから届けてくれ』とか、正気か？　ってなりますよね。

『強くて』『信用できる』という意味では、『英雄に頼む』という選択は正しいのかもしれませんけど……お弁当配達でなければ。

　英雄より夫な奥さんと考えれば、いい奥さんなんでしょう。しかし生憎プレイヤーは英雄側なんですよ。クエスト報酬でお金と経験値貰えますが、あれ奥さんから配達料受け取ってると思うと、『お弁当の配達でよくこの金額出したな』って思いますよね。英雄に頼んだが故の依頼料か……。

　このゲームだと依頼主から受け取る演出がない場合、クエスト報酬としてシステムがくれますね。ＵＩにクエストクリアが表示されて報酬が入ります。

ルシアンナさんの様に、クエストクリアでステルーラ様からの祝福なんてのもありましたし。

「まあパシリはともかく、キャンプファイアーのところへ行ってきますね」

「了解。こっちは町の外でもぶらついてこようか……」

冒険者組合前でセシルさんとお別れ。


私は木材の運搬と組み上げに参加しましょう。組み上げる場所は中央広場ですが、キャンプファイアー用の木材は別のところに保管されているらしいので、そこから運んで積み上げですね。

ということで、北側の保管場所へ向かいます。

……木材を担いだペンギンのきぐるみの人とすれ違いました。とてもシュールですね……。あの人は両手剣だったはずなので、筋力は高いですか。

えっと、木材を管理している住人は……あの人ですね。

「木材はまだありますか？」

「まだ沢山あるとも！」

「では運びますね」

「……重いぞ？　これはハーヴェンシス様のお祭りだから、ステルーラ様関係の空間収納系はなしで頼む」

持ち上がりはしますが、１人で運ぶのは不可能ですね。いくら種族的に筋力が高いとはいえ、筋

力系のスキル補正がパッシブ一つだけでは無理ですか。

「周りも危ないから無理はするな？　できることをしてくれれば良いんだぞ？」

「私で持ち上がるなら問題はありません」

元々担いで運ぶなんて考えていませんとも。

ということで、木材の両端を触手で持ち上げます。

本体より筋力値の低い化身は、中央を持ち上げる力はないが、端っこなら持ち上げられる力はある。となれば、本体側の筋力値である触手で両端を持てば浮かせられ、触手が3本もあれば運ぶことが可能。

と思いましたが、一号を要塞で召喚。こうした方が利口でしょう。触手を出させてその触手に積んでいきます。欲しいものを考えると……5本運べば良いですかね。

4本載せたところで別の触手でバッテンされたので、1本はこっちで……いや、スケルトンを召喚して担がせますか。触手操作するの面倒ですし。

「では持っていきますね」

「あ、ああ……よろしく」

要塞に乗り……横持ちなので少し浮かせましょうか。スケルトンの二号と三号はお神輿《みこし》の如く運んで貰えば良いでしょう。

北の管理場所から中央広場のキャンプファイアーまで移動です。

「お、おう……凄い運び方してきたな……」

「私の時点で空間収納に入れてしまっても関係ないような気さえしますね」

ハーヴェンシス様のお祭りだから、ステルーラ様関係の空間収納……つまりインベントリを使うなとのことですが、ステルーラ様に連なる私が運ぶのはありなんですかね。

まあ、インベントリを許可してしまうとプレイヤー１人で全て終わってしまうので、その対策の理由付けでしょうけど。４柱は仲が良いはずなので、別に怒りはしないでしょう。私に神罰が来ていない以上、人類側のお気持ち問題ですかね。……元々お祭りや信仰はそういうものか。

木材５本の運搬でチケット５枚。指示に従って５本組み上げて更に５枚。一号から１本ずつ移して完了です。ステータスや手段さえ合えば、一番楽にチケットを集められますね。

住人からは感謝と、システムからはハロウィンチケットを受け取ります。

そしてイベントＮＰＣから、パンプキンパイとシチューのレシピを８枚、かぼちゃ型クッキーの型を２枚で交換します。

木材で案外時間かかりましたね。運ぶのはともかく、組み立てでだいぶ持っていかれましたか。

イベントの開始は朝でしたが、既にお昼を過ぎておやつの時間ですね。それにしては情報が全然出ていないのが気になります。

『なんもないんだがー？』

『ここまで何もないとなると、やっぱ夜からかな？』

『『なんの成果も、上げられませんでした！』』

「ホラーの始まりってどんなでしたっけね」

『大体何かしらが起きてからが本番じゃなかったか』

『取っ掛かりがないとねー』

「暗くなるまではもう少しありますね。レシピは交換してしまいましたし、生産でもして時間を潰しましょうかね？」

『『狩りでもしてくる！』』

「暗くなるぐらいには一回帰ってくるんですよ」

『『はーい』』

　この人数で動いてさっぱりなのですから、時間待ちでしょうか。中央広場で教会側に寄って、生産をしましょう。《錬金術師》にできると良いのですが。

　生産をしているとアルフさんとスケさんも合流。歩き回るのをやめたようです。

「僕達の場合、動き回るより居場所が分かった方が良いかと思ってねー」

「待ちの態勢になることにした」

　私の護衛として振る舞うことにしたようですね。

　さっさと領主のところへ行った方が正解だったかもしれませんが……いや、初日は館よりも町中にいた方が良いですかね。その方が直接関われる可能性が高い。

　せっせと生産していると、時間が過ぎていきます。

「よっ！　生産中か」

「私達の種族はシティイベントにとことん弱そうでね」

「不死者と外なるものは……そうなるか」

　トモがやってきました。

「そっちは何かあったー？」

「いや、全然」

「だよねー」

「通知来てないし、他の人達もダメダメだろうな……」

　スケさんとトモが話していますが、まあそうですよね。

「とりあえずイベントが動いてから多少効率よく動けるように、マップに目印になるようなの書き込んでる最中だな」

「そう言えば南西の館はなんだったか分かる？」

「旧領主の館らしいぞー」

「移動したんだね」

「少しずつ引っ越し作業してるとか言ってたな」

　まだ引っ越し作業中と言うと、お引っ越ししたのは最近なんですかね。ということは廃墟《はいきょ》ではなく、誰かしらいると。

　ホラー定番の心霊スポットではありませんでしたか。

「スグは？」

「木材運んでるな。イベントで重要そうだし」

「キャンプファイアーね。とりあえず必要なチケット分は運んだけど、進行度具合では手伝うのもありか」

「放置してもギリギリの方で住人達が集まってくるとは思うんだけどな。必須レベルらしいから」

元々は住人達だけでやっていたお祭りですからね。しかしゲームと考えると、放置するよりプレイヤーが組み立てた方が、何かしら効果・補正があることでしょう。

ユニオンを利用してキャンプファイアーを組み立ててしまうべきですかね？

「各隊長達へ連絡です。何か進展ありそうですか？」

『いやもう全然』

『それっぽいのすら見つからねぇ』

『ほんそれ』

人数が少ない分躍起になって探しているはずですが、ありませんか。とりあえずキャンプファイアーの話を持ち掛けてみましょう。

『今のところイベントに関わりそうなのはあれぐらいか』

『ただあれ、筋力ないと役に立たんからな』

『町中だし【念力《サイコキネシス》】じゃだめなん？』

「あ、そんなのありましたね」

魔法ステータスで物を運ぶ魔法がありましたね。ＭＰ消費しますが町中なので回復するし、問題なく運べるはずですね。ただ、組み立ては多少コントロールが必要なので、その辺りに自信がないなら運ぶだけにするべきでしょう。

『俺らは人数少ないっぽいし、ちゃんと決めた方が良いかもしれんが……』

『そもそも取っ掛かりがないから、作戦も立てられないのが問題だ』

『しかも元々大人数用なせいか町も広い。エリアを決めて張り込むか？』

『せっかく飛べる種族がいるんだ、上空パトロールもな！』

さすがに全員がユニオンにいるわけではありません。全体の人数で見れば当然少ない。

「町を彷徨《さまよ》っているプレイヤーが多いと思うので、やはり木材でしょうか。狩り場の方は？」

『狩り場は空《す》いてるぞー』

『双子見かけたな。あの子ら確か二陣だよな？　俺らからするとちょっとねー』

レベル的にも一陣が集められたこの鯖《さば》では、狩り場自体に人気がありませんか。となると人が少ない。人が少ないと何かしらを見逃す可能性が高い。

さて、どうしたものか。

「町巡りはユニオン外のプレイヤー達が、何も言わなくてもやるでしょう。そうなると、欲しいの交換したら用がなくなるキャンプファイアーと、旨味がない狩り場というか、町周辺が手薄になるはずですね？」

『掲示板にこっちの方針を書いておけば、多少連携は取れるかな』

「暗視持ちの我々が周辺に張り込みますか？」

『いや、ダメだな』

『姫様PTは町中待機の方が良いんじゃない？』

『そうでござるな』

『領主や大司教辺りと接触が必要になったら、姫様が動いた方が一番早いからね』

ルゼバラムさん、こたつさん、ムササビさん、セシルさんから総却下！

「となると飛べる人達を外に配置し、他はキャンプファイアー。それが終わり次第町中パトロールに移行……でしょうか」

『森はどうするー？　上からじゃ見えないけど』

「森の方まで人数割けますか？」

『んん～……』

『町が広いから厳しいか？』

『厳しいんじゃないかなー』

「ではやはり、飛行組には町に出入りする人を見てもらった方が良いですね」

町の周りは多少開けているので、その部分を空から見てもらっているだけで十分でしょう。

『キャンプファイアーを始めるのは暗くなり始める少し前らしいぞ』

『教会の人がキャンプファイアーに火を灯して、住人達が松明《たいまつ》に火をつけて家に持ち帰り、家の近くの篝火《かがりび》とかに火を移すらしい』

『今は……おやつ時か。案外時間ないな？』

『儀式による点火らしくて、多分開始はもっと早いぞ？』

儀式による点火ですか。雨降った時とかどうするんだと思いましたが、燃え続けるんですかね。

儀式に関して少し聞いてみましょうかね？　後ろ、教会ですし。


ということで早速近くにいたシスターを捕まえて聞き込み。

聖水と木材を触媒に儀式を行い、聖なる炎を灯す……と。その火を松明に移し、町中に置かれている篝火を灯すことで、境界をはっきりさせる。

つまり、火に照らされている部分は見回る必要がない……？　そうだとすればある程度範囲を絞れますね。ビショップ・ベリエスから貰った情報も考えると、火が安地《あんち》と確定させて良さそうです。

そして儀式の時間自体はそれほどかからないと。

シスターにお礼を言って、生産に戻りつつ再びユニオンで情報を。

『なるほど、確かにそう取れる。それならある程度配置が決められそうだ』

『ねえ、それ私達ヤバくなーい？』

『確かに空は危ないか？』

『まだ初日だから、むしろ今しかない可能性もあるぞ？』

「境界は３日目に交わると、ビショップ・ベリエスが言っていましたよ」

『じゃあ行くなら初日の今夜だな』

少なくとも門には門番がいるでしょうし、そこには篝火があるでしょう。つまり、そこ以外の平原部分を空の人達が見ていることに。

町中の人達は中央広場や大通りは不要ですね。篝火の土台部分は置かれているので、この部分は見ている必要はないでしょう。

「ああ、トモ」

「なんだ？」

「目印になりそうなところをマップに書き込んでるって言ってたね？」

「そうだな。この場合篝火がある部分をマッピングするのが正解だったか？」

「篝火1個1個は無駄だから、篝火がある通りをライン引くだけかな」

「今からやるには時間が足りんな。ユニオン総出か？」

「そうだね……聞いてみようか」

賛同が得られれば、やってくれるでしょう。後はマップデータを私が纏《まと》めて、各リーダーに投げれば全員に行き渡りますし。

『ふむ……篝火のある通りをラインでね。色はどうする？』

『色は合わせた方が良いな。篝火だし赤とかオレンジか？』

『安全地帯的な意味で緑とかありじゃね』

「篝火エリアなので、オレンジにしましょうか」

『じゃあそれで』

方針さえ決まってしまえば、動くのが早いメンバーです。

町を雑にエリア分けして、ユニオンリストに載っている番号で振り分けて、とりあえず私の役目は終わり。トモも再び町を巡りに行きました。

篝火マッピングの作戦時間は、儀式開始前の……住人達がキャンプファイアーの残りを組み上げる更に前です。住人達にさせず、私達で完成まで持っていくのが目的ですから、こうなります。

スケさんはうちのユニオンの行動方針を掲示板に流す係。アルフさんは変わらず護衛中ですね。双子は……まだ良いでしょう。

スケさんやアルフさんに太陽の位置を聞きつつＵＩから時計を見て、夕方になる前ぐらいにキャンプファイアーへ移行します。

「皆さん時間です。もうすぐ夕方になるので、木材運びに移行しましょう」

『もうそんな時間か。統合してからマップデータ送るわ』

『案外置いてないところがあるっぽいな？』

『全体に置いてあったらイベントにならんしな？』

『それもそうか』

まあ、そうですね。裏路地とかには置いてないと思います。お約束というか、シティホラーと言えば路地裏でしょう。森なら獣道とか。

とりあえず生産を止め、リーダー達から送られてくるマップデータを統合しましょう。その間にユニオンメンバーはキャンプファイアー用の木材運びと組み立てへ。

中央広場から伸びる大通りは当然篝火が置かれていて、そこから逸れた小道があまりない感じですね。そこそこの道幅が確保されている場所は篝火がある……と思って良いのでしょうか。

重複部分のライン整理などをせっせとやって、リーダー達に送り返します。勿論《もちろん》ＰＴメンバーであるスケさん達にも配布。

……もう夕方ですか。進捗はどうでしょうね。だいぶ大きいですが。

「そのサイズでまだ完成してないんですか？」

『いやなんか、普段より組んでるらしいな』

「……それ、色々大丈夫なんですか？」

『あ、木材ストップ来たわー』

『今出てるので最後？』

『だな。今あるの組んで終わりっぽい』

どうやらいつもより積んでいるけど、当然保存している木材の問題と、組み立てた場合の問題を考えた限界までやったようですね。

つまり異人達だけで足りなかった場合、住人達が組むけどいつも通りで終わる。異人達だけならいつも以上に立派にできる可能性が高いですね。

ジャイアントと魔法の組み合わせで組まれていくのを視界に収めつつ、生産の続き。私達の後ろにある教会も動き始めたようですね。そろそろ始めるのでしょう。キャンプファイアーは間に合いましたか。

「ん？　……あっ」

「「なんぞ」」

　とあることに意識が持ってかれて、蘇生薬《そせいやく》がA級になってしまいました。

「境界の歪《ゆが》みが始まったようですね」

「ほう？」

「亜空間などと同じ扱いのようです」

《時空間認識能力拡張》によって見えるグリッドが揺らいでいます。場所も揺れ幅も一定ではないので、ランダムでしょうか。法則があるなら予測も可能ですが、法則を調べるのは無理そうですね。というか面倒です。

「おや？　随分と立派ですね」

「異人の皆さんがしてくれたそうですよ」

「なるほど、彼らですか。こちらもより一層しっかりやらねばなりませんね」

　大司教と司教が出てきましたか。他にも刺繍《ししゅう》持ちの聖職者達がぞろぞろと。使うと言っていたので、運んでいるのは聖水でしょう。

　聖職者の団体さんはこちらに頭を下げてから、キャンプファイアーの元へ向かっていきました。

「そろそろ双子を呼び戻しますか」

「双子は空行きかな？」

「あー……どうしましょうかね」

松明を持った住人達もゾロゾロとやってきました。火を篝火に移す役目がありますからね。

中央広場に集まる住人達。中央広場から離れていくユニオンメンバー。Sランク目当てのプレイヤー達は行動が早い。

「アメトリンさん、そろそろ戻ってください」

『『はーい！』』

「戻る途中にフェアエレンさん達と会うようなら、そちらでも構いませんよ」

『『分かったー！』』

これで構わないでしょう。

さあ、そろそろ始まるでしょうか。イベントの本番が。

『すっかりお忘れだと思いますが、今回も睡眠必須なんですよ』

『………………』

『……どうすっべ？』

「……どうしましょうね。私や双子、プリムラさん辺りは確実に寝ますね」

『プリムラちゃんはまあ、木工だし起きてから頼めば良いだろうけど……』

『暗視持ちが減るのは地味に痛いか』

恐らくホラー系イベントで、夜に寝る良い子なプレイヤー達。……どうなんですかね。ぶっちゃけ『何事もないか』『寝てる間に死ぬ』かの2択な気がします。

今回のイベント的に『何事もない』方だとは思いますけど、『何事もない』＝『ハッピーエンド』ではないのが肝ですね。何事もない＝問題を認知できていない＝気づいていないところで何かが起きている。つまり、気づいた時にはもう遅い。に、なるはずです。イベントである以上『なにかある』のが前提なんですから。シティイベントで寝込みを襲ってくる……というのは多分……ないでしょう。ええ、多分。あったらあったで面白いとは思いますけどね。

まあ、時間が来たら寝ますけど！

「まだ夕方なので、私が寝る前に何かしらあるといいのですが……」

『ホラーなら大体深夜とかじゃね？』

「大体そんな感じですよねー」

『ま、なるようになるでしょ』

『けせらせらー』

儀式の方も粛々と進行されていますね。

組み上げられた木材の側に聖水の入った壺《つぼ》が分けられて置かれ、聖職者達は囲むように円となり祈りを捧《ささ》げ、大司教が呪文を唱えています。

アーチビショップ・エドヴァルドの呪文と動作により、壺から聖水が動き木材にかかります。魔力視で魔力が見えない以上、『儀式そのものによる力』でしょうか。

全ての壺から聖水がなくなり最後に祈りを捧げると、淡い緑色の光が灯りました。火種を投げ込まず、突然火が付きましたね。聖水でしょうか。

何というファンタジー。緑色の炎、綺麗《きれい》ですね。

リアルでも緑の火はあったはずですが、確か金属を燃やす必要がありました。つまり、普通ならまず目にすることはないでしょう。精々花火の一瞬か。

キャンプファイアーの緑色の火を、住人達が松明に移していき、篝火に移していきます。

「……なるほど、確かに揺らぎませんね。よくよく考えれば住人達も安心してないでしょうし、これが先人の知恵か。まあ、神より与えられた自衛手段の可能性が否めませんけど」

「先人が編み出した儀式か、神子《みこ》経由で伝えられたか……かな」

「松明に火貰って練り歩くのありじゃねー？」

「……安全策としては良さそうですが、イベント逃がすことになるのでは？」

「それもそうか」

家から抜け出した子供を探すようなイベントはありそうなので、その時には良いかもしれませんが、それぐらいでしょうか。

『『フェアエレンさんいたー』』

「そっちに混ぜてもらってください」

『『はーい』』

双子は空に合流ですね。任せるとしましょう。

「暗くなってきたな」

「夜が来るー！　我々の時間だ！」

火を灯したら大司教達も撤収。勿論松明に火を移して。多分暖炉か何かにも移すと思うんですよね、建物の中を保護するために。

「おっと、ネメセイア様。部屋は整えておきますので、必要でしたらお使いください。誰かしら起きているので、その者に言ってもらえれば」

「感謝します。アーチビショップ・エドヴァルド」

宿取っていませんでしたね。一陣は少ないとは言え、全員が宿に入るのは不可能でしょう。ありがたく使わせてもらうとしましょう。


そして夜の帳《とばり》がおりました。

パチパチと木が爆ぜる音を聞きながら、緑色の火のゆらめきをぼんやりと眺める。

「うん、実に平和ですね」

「薄暗い中、火に照らされる骨はホラーだと思うんだ」

「ドヤッ」

「中身これだがな」

「好きなくせにぃー」

「うるせぇわ」

……ええ、実に平和ですね。片方頭ないし、片方骨ですけど。

「さて……火の側にいても仕方ないので、歩いてみましょうか」

「「行くべ」」

マップを見ながら町を練り歩きます。

この世界は基本的に石造り。魔物に対する防御力を考慮した結果でしょうか。火災にも強くなるでしょうし。問題は石材の確保が大変ですが……この世界には空間収納がありますからね。車や重機なんて物もありませんが、個人が魔法を使え、召喚や従魔なんてのもいるので、代わりは十分あったり。

このゲームの世界観を一言で言うなら、中世ヨーロッパ。

しかしそれはあくまで我々がイメージする、『王侯貴族がいて城または館があり、城下町などの町並みが広がり、周りは森で移動は主に馬車な世界』を、中世ヨーロッパ風と言っているだけ。

リアルの中世ヨーロッパと比べると、遥《はる》かにこの世界は発展していると言えるでしょう。

まあ、今は状況が状況なので、我々異人以外に外を歩いている人を見かけませんが。とても寂しい状態になっています。

ゲームなので、普段なら夜でも住人が結構歩いているんですけど。夜だから全員寝てるぜ！　とかされると、お店や施設使えなくて困りますし。

「ん、一応住人のパトロールがいるようだね」

さすがに住人全員が籠もるわけではなく、見回りもいますか。門番はいるでしょうけどね。外から魔物が入ってきても困りますからね。

「「「うおっ⁉」」」

「ごきげんよう。ご苦労さま」

「あ、ああ……ネメセイア様御一行か。びっくりした……」

あー……こっちは全員暗視持ち。しかもイベント目当てなので、松明を掲げていませんからね。向こうからすると我々が浮かび上がるように出てくるわけですか。

私は良いとして、アルフさんもまああれですが、スケさんが確実にアウトですね。まあ確かに？　どちらかと言えば、確実にホラーで脅かす側なのは否定できませんけども。

「ふむ……他の人に悪いので、【ライト】でも使っておきますか。戦闘は気の毒ですからね……勿論攻撃してきた方が」

「すみませんが、よろしくお願いします」

アルフさんとスケさんは光系覚えていませんので、私が《光魔法》で覚える【ライト】を使用して、光の玉を頭上に浮かせます。

そして住人の３人とお別れ。

ええ、勿論攻撃されたこちらが問題ではありません。状況的に仕方がないとはいえ、『ネメセイア』に仕掛けた住人が大問題です。向こうがショック死しそう。さすがに本意ではありません。いたたまれないにも程がある。

攻撃の当たり外れは関係なく、『攻撃をした』という事実がもうダメ。そこにいかなる理由があろうとも、『王家』に攻撃したらアウトです。大逆罪待ったなし。

唯一の方法は目撃者全員が口を噤《つぐ》むこと。『見なかったことにする』『なかったことにする』ですね。今回は住人3人と私達3人なので、それが可能です。しかし、攻撃した本人がその罪悪感に耐えきれず潰れる……が、あり得るのです。

自殺ばかりはどうしようもないし、『ネメセイアは死後の世界の王家』である以上、死んだところで……という、もうね。八方塞がりですよ。

自分達のためではなく、相手のために我々の存在をアピールする【ライト】です。普通の王家ならむしろ、恰好《かっこう》の的になるので避けるでしょうけど。……そもそもこの状況的に外に出ませんか。

気を取り直して、探索再開です。何かしらあるといいのですが。

何事もなく、ただ町を歩き続けて数時間。

「俺らを相手に稼ぎ時……と、食堂がやってるのは良かったね」

「昼間に仕入れをしてしまえば、後は外に出る必要がありませんからね。お店側からすれば、来てくれるなら何の問題もありませんか」

おかげで料理持ちがバタバタしないで済みました。

まあそれでも、入りきらないので時間をずらしているようですけど。

トモのメモしていたマップ、地味に役立ちましたね。お店に合わせたスタンプが押されていましたから。デフォルトだとお店も溶け込んでいるので、アップにしないと分かりづらいんですよね。

〈〈情報が共有されました〉〉

「「おっ」」

「どれどれ……」

　夜道を歩いている黒猫のような後ろ姿を見かけた。

　追いかけたら走っていき、途中で見失ってしまった。

「にゃんこだって。そういえばこの世界でまだ見てないなー」

「黒猫か。ハロウィンの黒猫といえば、魔女の使い魔だな？」

「でもこの世界の魔女は薬師だべー？　使い魔いるんかね」

「どうなんでしょうね。そもそも使役魔法がありますし？」

　従魔と使い魔、言い方の違いでしかない気がしますね。《召喚魔法》なら呼び方は召喚体です。もしかしたら儀式や何かで、使い魔を作ることができるかもしれませんが。

　私、この世界で黒猫見たことあるんですよ。ええ、深淵《しんえん》の古城で。ニャルラトテップとか、ナイアルラトホテップって言うんですけどね？　もし奴の化身である燃える三眼だった場合、完全におちょくりに来てるんですよね。

　覗《のぞ》き見ることはあっても、こっちにまで来ることが可能なのか……というのは気になるところです。彼らの力を考えると、しれっといても不思議ではありませんけど。

「後ろ姿だけなんですかね、目撃したのは」

「背中見て追いかけて逃げられたんじゃないかね？」

「目が三つでなければ良いのですが……」

「三つ？」

「燃える三眼。ニャル様の化身ですよ。燃えるような赤い三つの目と中身を除けば可愛い猫ちゃんなのですが」

「……それ、ほぼ全否定されている気がするが」

「見た目が猫だとしても、ニャル様が可愛いわけないじゃないですか……」

「うー！　にゃー！」

スケさんが言ってるのは……ああ、あのニャル様か。

「そっちなら許され……ますかね。コラボしたらあの姿のニャル様が？」

「あれ単品で来られてもぶっちゃけ困らねー？」

「主人公は間違いなく必要。そうなるとクーハスも来るだろ」

「でもあれ、突然ロボットになったりしますよね」

「この世界マシンナリーいるしセーフセーフ」

あのサイズのロボット、まだ見たことありませんけどね……。

そんな雑談をしつつ歩いてますが、特に何もなく。グリッドは揺らいでいるんですけど、イベントに繋《つな》がりそうな何かはありませんね。

まあ、異人の誰かしらが当たりを引けば良いのですが。

「掲示板で猫にゃん捜索隊ができてるねー」

「まあ、手がかりと言えば手がかりか？」

「三眼じゃないことを祈っていますよ」

何事もなく雑談しながら歩いているだけで終わりそうですね。

結局私の方は何事もなく寝る時間です。掲示板を見てるスケさんによると未だ猫も捕まらず。

とりあえず寝るために教会へ。スケさんとアルフさんは引き続き回るようなので、一旦別行動。

一般開放されている礼拝堂は、何だかんだ住人がいて静かながらも寂しさはありません。しかし今は人がおらず、神聖さが前面に押し出されていますね。

せっかく来たのでおやすみのお祈りをしてから、待機しているシスターに案内してもらってお部屋に。

「こちら、ご自由にお使いくださいとのことです」

「ありがとうございます」

一般からすれば教会のメインは礼拝堂ですが、聖職者からすれば住居でもある。当然暮らすための建物も存在し、教会を運営するための建物も必要。

つまり客人を迎えるための部屋も少ないながら用意はされている。用意されたのはその中でも最上位の部屋でしょう。……立場的に、そのはずです。

【洗浄《クリーン》】を使用して大きなベッド――離宮のよりは小さい――に潜り込み……お？

《情報が共有されました》

見間違いだろうか？　ジャック・オー・ランタンが動いた！

……カボチャ。

おやすみなさい。

■公式掲示板5

【第四回】ハロウィン　1日目【第一鯖《さば》】

1. 運営
ここは第四回公式イベントのハロウィンに関するスレッドです。
イベントに関する総合雑談スレとしてご使用ください。

395. 観光中の冒険者
さあ、取っ掛かりが欲しいところ。

396. 観光中の冒険者
だな。とりあえずスタートを探さねば話にならん。

397. 観光中の冒険者
基本情報みたいなのがちょいちょい追加されるな。

398. 観光中の冒険者
うお、情報ががっつり来た。

399. 観光中の冒険者
町の名前からもう嫌な予感しかしない。
400. 観光中の冒険者
ハワードの町は草。
401. 観光中の冒険者
ラヴクラフトですね……分かります……。
402. 観光中の冒険者
ラヴクラフトって？
403. 観光中の冒険者
ハワード・フィリップス・ラヴクラフト。正確にはちょっと違うが……まあ、クトゥルフ神話の原作者とでも思っとけば良いべよ。
404. 観光中の冒険者
ほほぉん。つまり、外なるものが関係する可能性が高いと？
405. 観光中の冒険者
最悪姫様を残して帰ろうな。
406. 観光中の冒険者
まさに外道。
407. 観光中の冒険者

姫様&外なるものｖｓ俺らになったら目も当てられないのでＮＧ。
408. 観光中の冒険者
あいつら、別に俺らの味方ってわけじゃないもんな……。

1109. 観光中の冒険者
中央の住人……いや、住人は正しくないか。イベントＮＰＣで交換できるな。
1110. 観光中の冒険者
ほう？　ああ、うん。ＮＰＣだな。
1111. 観光中の冒険者
定型文しか喋《しゃべ》らんのか。うん、ＮＰＣだな。
1112. 観光中の冒険者
アイテムは仮装アイテムか。王道王道。
1113. 観光中の冒険者
まあ奇をてらうより良かろうよ。
1114. 観光中の冒険者
１個だけぶっ飛んでるのあるけどな……。
1115. 観光中の冒険者
しょごたんは草。なんぞこれ。

1116. 観光中の冒険者

可愛く言ってもキモいもんはキモい。

1117. 観光中の冒険者

目玉が大量に書かれた玉虫色の布じゃねぇか……。

1118. 観光中の冒険者

メジェド様の特殊進化ぞ。

1119. 観光中の冒険者

マジかよやべぇな。

1120. 観光中の冒険者

B連打しろ。

1121. 観光中の冒険者

連打不可避。

1122. 観光中の冒険者

おめでとう、ポッポはアジに進化した。

1123. 観光中の冒険者

アジョットはやめるんだ……。

1124. 観光中の冒険者

アジョット懐かしいなおい……。

1125. 観光中の冒険者
割と好きでした。
1126. 観光中の冒険者
分かる。

3241. 観光中の冒険者
……姫様がキャンプファイアー用の木材を運んでいらっしゃる。
3242. 観光中の冒険者
《死霊魔法》系の召喚体は通称下僕だったか……。
3243. 観光中の冒険者
下僕の正しい使い方。
3244. 観光中の冒険者
下僕してるな。
3245. 観光中の冒険者
姫様の木材運びも大概絵面があれだが、ペンギンが運んでるのもだいぶあれ。
3246. 観光中の冒険者
まあ……あの人両手剣だしステータスは十分だから……。
3247. 観光中の冒険者

ペンギンから聞こえてくるあの声にいまだ慣れんわ……。
3248. 観光中の冒険者
めちゃくちゃ良い声なのマジで笑うよな。
3249. 観光中の冒険者
で、他の情報は？
3250. 観光中の冒険者
さっぱりだわ。
3251. 観光中の冒険者
はぁ～さっぱり、さっぱり。
3252. 観光中の冒険者
また懐かしいものを……。
3253. 観光中の冒険者
さっぱり妖精だっけか。
3254. 観光中の冒険者
だな。今でもベームベームは描ける。
3255. 観光中の冒険者
俺もいけるわ。
3256. 観光中の冒険者

とりあえず、夜に期待。

3257. 観光中の冒険者
現状はチケット稼ぎの時間かね？

3258. 観光中の冒険者
ホラーだとすれば本番は夜だろうからな。

3259. 観光中の冒険者
欲しいのは今のうちに交換しとくか。

3260. 観光中の冒険者
つまり……木材運ぶか。

3261. 観光中の冒険者
狩りはどうなん？

3262. 観光中の冒険者
一陣には微妙って感じだな。

3263. 観光中の冒険者
組合の依頼クリアで貰《もら》えるけど、木材運んだ方が効率良いわ。

3264. 観光中の冒険者
運ぶかー。イベント的にもこれやった方が良さそうだし……。

3265. 観光中の冒険者

なんか儀式して特殊な火を付けるらしいな。

3266. 観光中の冒険者

重要なのか。やるか。

6752. 観光中の冒険者

んー……他に比べ人が少ないらしいし、わざわざ被らせるのもあれか。

6753. 観光中の冒険者

Sクリアした方がうめーしな。

6754. 観光中の冒険者

でかいユニオンが行動予定出してくれるのはありがたい。

6755. 観光中の冒険者

とは言え町が広いからなー。俺は便乗すっかねぇ。

6756. 観光中の冒険者

うちのPTは少しずらすとするか。

9315. 観光中の冒険者

おい誰だホラゲのBGM演奏してる奴は⁉　こえーだろうが！

9316. 観光中の冒険者

あぁ〜これしゅきなきょくぅ〜！

9317. 観光中の冒険者
どこよ。

9318. 観光中の冒険者
中央北東寄り？

9319. 観光中の冒険者
聞きに行こ。

9433. 観光中の冒険者
これは……夜廻《よまわり》のテーマ曲か！　いや怖いわ！

9434. 観光中の冒険者
うわ、深夜廻《しんよまわり》に変わった。

9435. 観光中の冒険者
ホラゲやめろて雰囲気出過ぎるからよ。

9436. 観光中の冒険者
ただでさえ炎が緑だしな……。

9437. 観光中の冒険者
しかもこれピアノじゃん？

9438. 観光中の冒険者
なにか出てきそ。
9439. 観光中の冒険者
追われるんですかヤダー！
9440. 観光中の冒険者
ぬこおおおおおお！
9441. 観光中の冒険者
にゃんこおおおお！
9442. 観光中の冒険者
黒猫のような後ろ姿……本当に猫ですか？
9443. 観光中の冒険者
猫は猫であって猫だから猫なんだよ？
9444. 観光中の冒険者
御猫様に魅せられた者だ。面構えが違う。
9445. 観光中の冒険者
ガンギマってそうだな。
9446. 観光中の冒険者
猫捕まえ隊、隊員募集。

9447. 観光中の冒険者
行くか。
9448. 観光中の冒険者
かもぉん！　北西側な。
9449. 観光中の冒険者
了～。

12063. 観光中の冒険者
……あっれぇ？
12064. 観光中の冒険者
ご飯ならさっき食べたでしょ。
12065. 観光中の冒険者
いやボケてねぇよ！　なんか、いる場所がおかしい。
12066. 観光中の冒険者
やだわおじいちゃんったら。
12067. 観光中の冒険者
ボケてねぇよ！
12068. 観光中の冒険者

ミニマップという場所が一致してなくね……あ？　ミニマップが戻った。
12069. 観光中の冒険者
あなた疲れてるのよ。
12070. 観光中の冒険者
マジかよ。
12071. 観光中の冒険者
あーれ？　どこだここ。
12072. 観光中の冒険者
いや知らんがな。
12073. 観光中の冒険者
まさかミニマップの見方が分からないとか言いませんよね……。
12074. 観光中の冒険者
それは無いやろ……あんな分かりやすいもん。
12075. 観光中の冒険者
世の中には……いるみたいですよ……。
12076. 観光中の冒険者
マジで？　リアルの地図が分からないならまあ、分かるが……。
12077. 観光中の冒険者

自分の位置と向きまで表示してくれるもんな、ミニマップ。
12078. 観光中の冒険者
ミニマップが回転するタイプは絶対に許さない。
12079. 観光中の冒険者
分かる。お前が回ったら方角分からんだろうが！　ってなるよな。
12080. 観光中の冒険者
ほんそれ。いちいちＮＥＷＳ確認する事になってめんどい。
12081. 観光中の冒険者
とても分かるが脱線してるぞ。
12082. 観光中の冒険者
掲示板が脱線しないとでも？
12083. 観光中の冒険者
……しないわけがないな！
12084. 観光中の冒険者
なんか、幻覚っぽいのかかるな……？
12085. 観光中の冒険者
町中でか？
12086. 観光中の冒険者

行こうとしてた方と違うところにいるわ。
12087. 観光中の冒険者
だよな！　俺、悪くない。
12088. 観光中の冒険者
犯人は皆そう言うんやで。
12089. 観光中の冒険者
俺は！　俺は悪くねぇ！
12090. 観光中の冒険者
親善大使はお帰りください。
12091. 観光中の冒険者
気づいてしまったあなたたちは……ＳＡＮ値チェックです！
12092. 観光中の冒険者
それより原因はまだ不明か？
12093. 観光中の冒険者
よく分からん。巧み過ぎる。
12094. 観光中の冒険者
何ということをしてくれたのでしょう～！
12095. 観光中の冒険者

脳内再生されるからやめろ。
12096. 観光中の冒険者
ビフォーアフターで全然違うところにいる。
12097. 観光中の冒険者
匠違いです。
12098. 観光中の冒険者
緑色のあいつか。
12099. 観光中の冒険者
そっちも違うなぁ……。
12100. 観光中の冒険者
……カボチャ？
12101. 観光中の冒険者
カボチャ……らしいな。
12102. 観光中の冒険者
ジャック・オー・ランタン？
12103. 観光中の冒険者
にゃんこもいいねぇ！
12104. 観光中の冒険者

稀《まれ》に見るけど逃げられるな。
12105. 観光中の冒険者
他は……？
12106. 観光中の冒険者
篝火《かがりび》の確認とか、子供の捜索ってクエストが出たぐらいだな。
12107. 観光中の冒険者
行方不明出てるんか。
12108. 観光中の冒険者
篝火の確認は……安地《あんち》である火が消えてないかの確認か。
12109. 観光中の冒険者
だけ？
12110. 観光中の冒険者
だけ。
12111. 観光中の冒険者
じゃあ既にキーに繋《つな》がる情報はあると思って良いのか？
12112. 観光中の冒険者
作ったわけじゃないから知らんが、子供の捜索じゃねぇの？
12113. 観光中の冒険者

子供の消えたであろう場所を探せと？
12114. 観光中の冒険者
でも今回の内容だと目撃情報とか出なくね？
12115. 観光中の冒険者
消えたところになんか落ちてるとか。
12116. 観光中の冒険者
落とし物か。
12117. 観光中の冒険者
まあ、どうせ見回りするしな。そのついでに何か落ちてるなら見つかるじゃろ。

書き下ろし――【突撃】有名プレイヤーにインタビューがしたい！【有名人】

※『』内はリスナーコメントです。

よし、始めよう！

「やっほーみんな！　ゆらだよー！　企画の説明はもう少し集まってからねー」

まあ、今回の企画は運次第で、説明自体は簡単だけど。

んー……よし、説明しよう。

「今回は配信タイトル通り、運次第だよ！　有名プレイヤーに会えると良いんだけど」

有名プレイヤーの時間があれば、少しお話をさせてもらう。質問内容は用意したやつやリスナーさんのコメントからピックアップ。勿論《もちろん》個人情報以外。

むむ、あのキラキライケメンは！

「セシルお兄様！」

「……ああ、ゆらさんですか」

『イケメン⁉』

うーん、相変わらずのイケメン騎士だね！　お兄様呼びで困ったように笑ってるのがまた良き！

「どうしました？」

「有名人にインタビューしたいんです。お時間ありますか？」

「放送の企画かな？　少しなら大丈夫」

「では、お名前からお願いします！」

「暁の騎士団ギルマス、セシルです。よろしく」

「セシルさん、よろしくお願いします！」

最初からセシルさんに会えるなんて今日は運が良い！

「ギルド名の由来とかありますか？」

「一応戦闘系かつ騎士のようなモラルを持とうって騎士団。暁は別に何でも良かったよ」

「暁は何でも良かったんですね……」

「そうそう。でも凄い無難じゃない？　暁の騎士団」

「色んなゲームでありそうではある。あとリアルでも言える！」

「そのぐらいの案配を狙いました。重要だよね」

「うんうん重要！　ま、友達がいるならの話だけど」

『おいやめろ。その攻撃は俺に利く』

「突然刺すじゃん」

『友達はどこで買えますか？』

「今なら1人80万ぐらいかな？　ＡＩっていうんですけど」

「このゲーム買えばもっと安上がりだね。住人沢山いるよ」

「MMOで色んな人がいるのを見ながら、ソロしたいっていうのは結構いますよね！」

「そうだね。多分カフェとかでお仕事する感覚に近いんじゃないかな？　知らんけど」

　私も知らん。

『双剣をメインにした理由は？』

「かっこいいじゃん？」

『分かる』

「でも双剣って難しいですよね？」

「だからこそだよ。使いこなせればまあ強く、かっこいい。極め甲斐《がい》があるじゃん？」

「なるほど。他に候補はなかったんですか？」

「槍《やり》とかも好きなんだけど、自分で使うにはね。ああ、両手の方」

「長柄《ながえ》武器ですか。槍って使うの簡単らしいですね？」

「まあ極論突くだけだからね」

「ハンマーや斧《おの》も似たようなものでは？」

「鈍器は鈍器で、釘《くぎ》を真《ま》っ直《す》ぐ入れるのが難しいように、地味にコツがね。斧は使ってて分かるかもしれないけど、実は重量バランスが結構難しい。刃がある分、ハンマーより上だよ」

「確かに結構ダメージに差が出ることが……」

「槍は硬そうなところを避けて突けば良いだけだからね。安定したダメージを出しやすいってことで、扱いやすい……だよ。狙ったところを突ける程度の器用があれば良いから、必要器用が他武器に比べて低いってのもある」

「なっるほどー」

槍が初心者向けっていうのは、そういう理由だったのかー。

「短槍と盾持ってのド安定型、通称槍チクも良いし、火力重視の両手もありだしね」

「ゆらさんはなぜ両手斧を？　斧自体結構ニッチだし、アイドルらしからぬ武装だけど」

「武器は無骨な方がかっこいいじゃん！」

「ああ、なるほどね。分かる。正しい選択」

「あと大体の敵にいける……らしいので」

「斬撃と打撃の判定があるし、木に特効持ちだし、武器が大きいから武器ガードも比較的楽だね」

「戦いづらいのは狭いところぐらいだけど、大型なら共通ですよね？」

「そうだね。槍なら比較的何とかなるぐらいで、両手剣も両手鎚《づち》も大して変わらないかな」

「やっぱりサブウェポン持つべきですかねー？」

「あった方が楽なのは確かだけど、どっちでも良いよ」

「そうなんですか？」

「うん。何だかんだ自分が使いやすいやつ、拘《こだわ》りが優先かな。フルダイブ型のアクションゲームだと、立ち回りとやる気に直結するからね。慣れた武器が一番だよ」

『その武器の方が楽なのは知っている。だが俺はこれで倒すんだい！　ってのはあるある』

「そうそう。極めると何でも強いもんだよ。姫様とか右手武器の用途が盾みたいなもんだし、妹ちゃんはハルバードであれだからね」

「使いたいのと性格的に向いてるのが一致さえしてれば良いのかな」

「うん。そこがズレると辛いところかな。それでも使ってればある程度慣れるもんだけどね。ところで、インタビューと言うより雑談になってるけど良いのかな」

「何か聞きたいことあるぅー？」

変なの沢山来るだろうけど。

『彼女はいますか』

「いない。次」

『俺がセシルだ』

「そうか。次」

「流すんだそれ」

『ファンです。サインください。血判で』

「さてはお前暗殺者だな？」

「獲《と》った証《あかし》的な？　暗殺者であって欲しいパターン。暗殺者の方がまだ安心感ある。血判でサイン求めるただのファンとか嫌過ぎる」

「ファン過激派。次」

『ギルドとＰＴ以外で、仲のいいフレンドさんは？』

「ん～……誰だろ。鍛冶のエルッさんとか裁縫のダンテルさんはまあ、よく話すかな。装備の修理とか更新でお世話になってるし。それ以外だと……同じギルマス組かなあ」

「ムササビさんとかですね？」

「ルゼバラムさんとかこたつさんに、アキリーナさんとトモ君とかね。姫様組とは狩り場が……」

「あー……洞窟と遺跡でしたっけ」

「そう、だから話す頻度はそんなでもない感じかな」

　ふんふん。基本いつものイベント組だけど、姫様のＰＴとは狩り場が違くて、実はそんなに交流がないってことだね！

「おっと、狩りに行ってくるよ」

「は～い！　他の人探します！」

　セシルさんにお礼を言って見送り。

　さて、次のぎせ……対象を探さねば！


　むむ、あれは……！

「モヒカンさん！　今良いですか！」

「ヒャハハ、ゆらじゃねぇか。綺麗《きれい》に映せよぉ？」

「映りを気にするヒャッハーってどうなん……」

「俺の勇姿をしっかりと後世に伝えるんだよぉ！　ギャハハハ！」

いやいや、世紀末ヒャッハーが後世とか気にせんじゃろて。相変わらず最高にキマッてるわ。名前通りの髪型に上半身裸でベルト&トゲ付き肩パッド。ほんと濃い。頑張れ私の表情筋と腹筋。

「お時間あればインタビューしたいんですが」

「ギャハハハ！　何でも聞けや兄妹！」

『なんでヒャッハーなんだ？』

「ヒャハハハ！　簡単だぁ！　普段と全然違う俺ってな！」

『同じでたまるかぁ！』

「モヒカンさん社会人でしたよね。全然想像できない……」

「普通にサラリーマンだが何か」

「んふっ」

「ヒヒヒ、こんなんやったら会社首になっちまうぜぇ！」

『ぶはっ！』

あのテンションからスンッて素《す》を出したあと、短剣ペロペロするのはずるいでしょ！　耐えられるわけないじゃん！　コメントも草で埋まるわ。

「モヒカンさんソロでしたよね。よくPTを組む人は？」

「ミードとかフェアエレン、駄犬辺りだぜえ。クレメンティアとか美月《みつき》もだあ！　ヒャハハ！」

「ふんふんふん、なるほど！　全員アタッカーですね……」

「そもそもタンクの人口が多くないからよぉ！」

「まあ怖いですからね！」

「根性が必要だぁ！」

ゲームでのタンク人口って少ないことが多いんだけど、フルダイブ型のタンクはね……うん。

「モヒカンさんって短剣以外の武器は？」

「汚物は消毒魔法と《投擲《とうてき》》があるぜぇ！　ヒャハハハ！」

「汚物はしょうど……ああ、火系魔法ですか」

「灼熱《しゃくねつ》にするための風もあるぜぇ。両方利かない遠距離は《投擲》するしかねぇんだよぉ！」

「基本的にビジュアル重視で？」

「ギャハハハ！　たりめぇよぉ！　最初に気にするのはそこだぜぇ？」

『さすがRP勢。一種の縛りプレイだからな』

「ヒヒヒ、楽しいぜぇ？」

「楽しんでるなーってのは分かるけど、自分でやるのはなー？」

「難しく考える必要はねーぜぇ？　一種の拘りもRPと言えるからなぁ！」

「どういうことですか？」

「知り合いに傭兵《ようへい》のような格好をしてる子がいるぜぇ。槍に丸盾、サブにメイス。服は鎖帷子《くさりかたびら》と革防具に外套《がいとう》。キャラは作ってないらしいが、見た目は拘っている。立派なRPと言えるだろうよぉ。ちょっと泥臭いファンタジーが好きとか言ってたぜぇ！」

「あー……モヒカンさんのように、演じる必要まではない……という？」

「姫様も結構素らしいからなぁ？」

ＲＰと言っても色々あるんだなー。

モヒカンさんのように、『キャラ』を作って丸っと演じるタイプ。武器と防具の見た目は勿論、口調から何まで、そのキャラになりきるタイプ。ムササビさんとかもこのタイプ。

『キャラ』を作る……とまでは行かないけど、世界観を大事にするタイプ。要するに自分もその世界で暮らす1人として紛れ込む。この場合、性格は『自分のまま』で良いけど、格好だけ住人と同じにする。傭兵っぽい格好って言ってたけど、正確には冒険者に交じってるらしい。チュートリアルで冒険者登録したし。

そして姫様みたいなタイプ。時と場合によって乗る。あ、お嬢様組もこれかな？

「俺は狩りにでも行くぜぇ。そこにお嬢様組がいるからよぉ！」

「……え？　ほんとだ！」

「ギャハハハ！　なんかあれば言えよぉ！　じゃあなぁ兄妹！」

これがヒャッハー系良い人。掲示板にあった『このモヒカン非常識な格好かつ下品な言葉で常識的なこと言ってきて辛い』っていう書き込み見て爆笑したし。

モヒカンさんにお礼を言って見送り。

突撃、あそこのお嬢様組。

「へいいれでぃず！　ゆらてぃーびーいんたびゅーおけー？」

「緑のカメラ妖精は生放送です？」

「綺麗に映しなさい」

「はいお嬢様！」

ドレスのお嬢様2人とメイドさん2人！　うーん華やか！　最高！

「まず自己紹介をお願いします！」

「エリーザよ。お付きのレティ」

「アビーとドリーです！」

「ゆらといいます！　よろしくお願いします！」

レティさんとドリーさんが、主人達の後ろで静かに控えてるの感動する。やっぱこの4人は空気が違う気がするね。姫様が交じると更に凄いんだよねー。

『姫様との関係は⁉』

「幼なじみね」

「親が会えば子も会うです！」

「おー、このゲームは姫様に誘われて？」

「いいえ？　面白そうなのやってる動画を見て留学してきたわ」

「まだ国外サービスしてないです！」

『は？』

「……ええ？　ゲームするために留学？」

「さすがにそれだけではないけれど、良いタイミングだったわ」

「久しぶりの日本です！」

「はえー……マジモンのお嬢様じゃん！」

「まあそうね。でも見た目は狙って作ったわよ。おーほっほっほ！」

『高笑い上手《うま》くて笑うわ。悪役令嬢やん』

モヒカンさんも相当あれだけど、こっちはこっちで決まってるなあ……。高笑いの練習とかしたのかな？　さすがにリアルじゃしないだろうし。……しないよね？

……練習したらしい。良かった。

「コンセプトとかあるんですか？」

「それは勿論ヒロインと悪役令嬢よ。と言っても見た目以外は素だけれど」

「ピンクブロンドも考えたけど、エリーとお揃《そろ》いドリルにしたです！」

「リアルでこんな髪型しないものね」

「針金仕込まないと無理です。そこまでしてしたい髪型でもないです」

エリーザさんは結構見た目通りだけど、アビーさんが見た目に反して結構バッサリいくの面白いね。腹黒と言うより、リアリストヒロインとかこんな感じかもしれない。

「ところで、せっかくだからこちらも聞きたいのだけれど」

「お、なんですか？」

「日本語の複雑さは何とかならないのかしら？」

『……おう』

「あー、難しいらしいですね？」

「私達は小さい頃から聞いてるから、比較的楽なのだけれど」

「漢字は定番としても、数字の数え方も結構複雑です！」

「数字ですか？」

「いち、に、さん、し、ご、ろく、しち、はち、く、じゅう」

「逆からだとじゅう、きゅう、はち、なな、ろく、ごう、よん、さん、に、いちです！」

「7と4が変わる人もいれば、変わらない人もいるわよね」

「『たし……かに？』」

「いち、に、さん、しー、ごお、ろく、しち、はち、きゅ、じゅかな……その方が言いやすい」

「かけ算とかくくでしょう？　きゅうきゅうとは言わないわよね」

『ひとつ、ふたつ、みっつ、よっつ、いつつ、むっつ、ななつ、やっつ、ここのつ、とお』

「知ってる！　ひー、ふー、みー、よー、いー、むー、なー、やー、こー、とーでしょ！」

「それ知らないわね」

「聞き覚えないです！」

「むかーしの数え方で、お婆《ばあ》ちゃんとかがかろうじて使う……かもしれないぐらいかな？」

『大和《やまと》言葉とか言ったりするな。年数だととせだし、日数だとかだな。年齢は20のはたちから特殊に……』

『日数もついたちだけ違うけどな』

「困ったものよね」

「多過ぎです！」

「あ、でもあれ……ひふみ祝詞《のりと》といろは歌も数じゃない？」

『あれは重複がなくて都合が良いから使われてるだけで、祈りの言葉と詩じゃね』

「そっかー」

「いろは歌は聞き覚えあるけれど、ひふみ祝詞は知らないわね」

「いろはにほへとしか知らないです！」

『いろはにほへと　ちりぬるを　以降は俺も知らん』

「表現することにおいて、日本語は強いからね！　似たような意味でもニュアンスが違ってきたりするから！　……真面目に学ぶことを考えると地獄だろうけど」

『日本語は美しく難解である……正直俺らもよー分からん』

「それなー！」

なんか最終的には日本語の話になったけど、まあ良いか！　セシルさんにモヒカンさんにお嬢様組。会えたメンツとしては最高だね！

やっぱインタビューと言うより雑談だったけど、結構話せて楽しかったね。また今度やろうかなー。次は違う人と話したいところ。姫様には会えなかったし、こたつさんとかミードさんとかも。

うん、また今度やろう。とりあえず一回枠閉じて、狩りでも行こうかな。

あとがき

ごきげんよう！　子日あきすずです。

9巻でございます。全体的な流れとしては、新しいダンジョンでのレベル上げ、生産色々、それなりに重要なポジションにいる住人との交流、フェアエレンと戯れPvP、公式イベントでした。

公式イベントはハロウィンホラーイベントですが、始まったばかりなので、ここで色々書くわけにもいかないんですよ。イベントに触れるのは次の巻ですかね。


ということで、まず遺跡ダンジョン。機甲種が敵として出る工場内的な形状のダンジョンです。大半が遠距離武器を携えた室内戦ということで、とても主人公と相性が良い狩り場ですね。

ダンジョン自体の難易度としては高め。機甲種なので、相手は基本的に金属装甲。有効な武器は鈍器系で、斬撃耐性持ちになります。敵は機械なので攻撃は高精度で命中率が高いということが統一していますが、相手の攻撃力や攻撃頻度、移動速度などは種類によります。

ちなみに機甲種の元は某ロボットゲーム。

VSフェアエレンに関しては、フレンドと突然町中で始まるPvPです。結果は本編通りですが、そもそもフェアエレンにとって、主人公は天敵過ぎるんですよね。

フェアエレンは純魔なので、魔法攻撃しかありません。更に体の小さい妖精種なので、体力もありません。死にます。主人公と1対1で向き合うと、雑魚《ざこ》キャラ気分が味わえる。


後はセシルのやっていたクロニクルクエストに、別方向からの合流です。最後の仕上げ的な役目。

さて、今回ステルーラ様が『外なるものとしての仕事』と言っていますが、ここであれ？と思った方は読み込んでいますね！

ステルーラ様の領域である魂に手を出した者の元に現れるのは不死者です。それが王家や高位貴族など、国が関わるようなら滅ぼすこともあり得ます。

外なるものはステルーラ様との契約違反者への断罪に現れます。神への誓いを反故《ほご》にした場合ですね。更に人類の手に負えない可能性の高い不老の魔女《ソルシエール》を罰する場合です。

ということで本来、魂に手を出したことで出張ってくるのは、不死者であるネメセイアの方の仕事であるはずです。しかしシステムメッセージでは『外なるものとしての仕事』と言っています。

実は……でもないと思いますが、不死者は魂滅ができません。あくまで不死者達は、王家であるネメセイアを筆頭に、ステルーラ様の代理として魂の管理をしている者達だからです。死後の世界を整え、魂に合わせ安らぎと罰を与えるのが不死者のお仕事です。魂を消す権限は、不死者達にはありませんし、その力もありません。

詳しくはまあ、本編でそのうち出すかもしれませんので一応控えておきますが、魂滅ができるのは神々と外なるものだけです。そして全ての外なるものが魂滅できるわけでもありません。というか、魂滅しなければならないようなことはそうありませんので、できる数が多い必要はないのです。

そんなこんなで『外なるものとしての仕事』ということになりました。

外なるものと不死者に関してはまだまだ書けますが、このぐらいにしておきましょうか。


今回の書き下ろしは、ゆら視点でした。

本編は主人公の一人称なので、主人公がいない場合とか不可能ですからね。ゆらを使用した主人公がいない、別キャラ同士の絡み。そう考えると放送主はとても扱いやすい。

ちなみに書き下ろし部分でモヒカンが触れた、『傭兵《ようへい》のような格好をしてる子』というのは、3巻で主人公が触れた無骨な格好をした女性です。気分転換のお散歩中に描写だけした子で、名前は決まっていませんし、出すかも分かりません。


次は2桁ですか……大半は公式イベントで埋まると思いますが。

9巻、少しでも楽しいと思っていただければ幸いです。

10巻でお会い致しましょう。

二〇二三年十月某日

Kラノベブックス

Free《フリー》 Life《ライフ》 Fantasy《ファンタジー》 Online《オンライン》
～人外姫様《イモータルプリンセス》、始《はじ》めました～9

子日《ねのひ》あきすず

2023年11月29日第1刷発行

発行者	森田浩章
発行所	株式会社 講談社 〒112-8001　東京都文京区音羽2-12-21
電　話	出版　(03)5395-3715 販売　(03)5395-3605 業務　(03)5395-3603
デザイン	浜崎正隆（浜デ）
本文データ制作	講談社デジタル製作
印刷所	株式会社KPSプロダクツ
製本所	株式会社フォーネット社

KODANSHA

ISBN978-4-06-534095-0　N.D.C.913　323p　19cm
定価はカバーに表示してあります

ファンレター、作品のご感想をお待ちしています。

あて先　〒112-8001　東京都文京区音羽2-12-21
(株) 講談社　ライトノベル出版部 気付
「子日あきすず先生」係
「Sherry先生」係

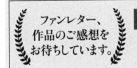